힐러리 맨틀의 글  에 빨려 들어 갈 수밖에 없다. 《시카고 트리뷴》

『마거릿 대처 암살 사건』은 훌륭한 맨 틀의 명성을 증명하는 이야기이어져도 독자들은 책을 내려 놓을 수가 없다. AV 클럽

경계가 희미하고 마치 실제의 일처럼 무게를 지닌 그늘진 지역을 연상시킨 다. 세세한 관찰과 현실의 디테일이 넘치면서도 항상 잠재성을 가지고 있다. 가장 현실적인 이야기조차도 아주 낯선 느낌을 준다. 《워싱턴 포스트》

힐러리 맨틀은 헨리 8세의 궁전에서 탈출했다. 《월 스트리트 저널》

힐러리 맨틀은 가장 훌륭한 정치 소설가다. 살롱

천재. 《시애틀 타임스》

완벽하게 구성된 스토리. 낡은 호텔에서 찾아낸 것 같은, 고조되면서도 고 요한 맨틀의 서사. 《뉴요커》

『마거릿 대처 암살 사건』은 역사적인 기록에 얽매이지 않는다. 그녀는 인물 들에게 자유를 준다. 그 결과는… 꽤 훌륭하다. 데일리 비스트

일상의 잔혹성과 전율하는 공포 사이. 어둡고 비판적인 유머 감각이 빛나 는 힐러리 맨틀의 대표작. 《피츠버그 포스트 가제트》

마거릿 대처
암살 사건

힐러리 맨틀

박산호 옮김

마거릿 대처
암살 사건

The Assassination of
Margaret Thatcher

민음사

윌리엄 4가에 있는 빌 해밀턴에게,

삼십 년간 지속되고 있는 인연에 감사드리며

차례

폐를 끼쳐 죄송합니다

당시에 초인종이 울리는 일은 별로 없었고, 그런 일이 생기면 나는 집 안 깊숙이 물러나 버렸다. 어쩌다 초인종이 끈질기게 울리면 마지못해 카펫 위를 살금살금 걸어 현관문으로 간 후 외시경으로 내다보았다. 빗장과 덧문, 이중 자물쇠와 장붓구멍, 안전 체인과 쇠창살이 달린 높은 창문이 큰 인기를 끌던 때였다. 외시경을 통해 구겨진 은회색 양복 차림에 당황한 표정을 한 남자가 보였다. 삼십 대 정도의 아시아인이었다. 그는 문에서 물러나 정면의 겹겹이 잠겨 있는 문과 먼지가 쌓인 대리석 계단 등 주변을 둘러보고 있었다. 그는 호주머니를 더듬거리다가 뭉쳐진 손수건을 꺼내 얼굴을 북북 문질렀다. 아주 당혹스러워하는 표정을 보아 얼굴에 흐르는 땀이 눈물일지도 몰랐다. 나는 문을 열었다.

그가 무장하지 않았다는 걸 보여 주려는 듯이 갑자기 두 손을 치켜드는 바람에 손수건이 백기처럼 바닥에 떨어졌다. "부인!" 타일 벽에 아롱지는 햇빛에 드러난 내 얼굴은 분명 죽은 사람처럼 창백해 보였을 것이다. 하지만 그는 심호흡을 한 번 하더니 구겨진 재킷을 잡아당겨 펴고 머리를 한 손으로 쓸어 올린 다음 마술이라도 부리듯이 재빨리 명함을 꺼냈다.

"무하마드 이자즈라고 합니다. 수출입 사업을 하고 있습니다. 이렇게 오후 시간에 폐를 끼쳐 드려 너무 죄송하지만 전화 좀 써도 될까요?"

나는 그가 집 안으로 들어올 수 있도록 옆으로 비켜섰다. 내가 미소를 짓고 있었던 게 분명하다. 그다음에 일어난 일을 보면 분명 그랬을 것이다. "그럼요. 오늘 전화기가 제대로 작동한다면 말이죠."

그는 주절주절 이야기를 늘어놓으며 앞장선 나를 따라왔다. 사업상 중요한 거래가 있어서, 거의 다 마무리를 했고, 고객을 방문하기로 했는데, 시간이. 그는 소매를 걷어 올리고 짝퉁 롤렉스를 봤다. 약속 시간이 거의 다 됐고, 주소도 있는데. 그는 다시 호주머니를 쓰다듬었다. 그 주소로 갔더니 사무실이 없었다고 했다. 그는 전화기에 대고 유창한 아랍어를 빠르고 공격적으로 구사하면서 눈썹을 치켜세웠다가 마침내 고개를 절레절레 흔들었다. 그리고 내려놓은 수화기를 낙담한 표정으로 바라보다 서글픈 미소를 지으며 날 올려다봤다. 입매에 힘이 없군, 나는 생각했다. 미남에 가까운 얼굴이지만 미남은 아니었다. 마르고, 혈색이 안 좋고, 쉽게 당황하는 스타일이다.

"신세를 졌습니다, 부인. 이제 전 그만 가 봐야겠습니다."

나는 그에게 뭔가 해 주고 싶었지만 뭐라고 하겠나? 화장실이라도 들렀다 가라고? 잠시 쉬었다 가라고? 대체 어떤 표현을 해야 할지 몰랐다. '좀 씻고 몸단장을 하고 가지.'라는 어이없는 말이 떠올랐다. 하지만 그는 이미 문으로 향하고 있었다. 통화하는 표정으로 봐선 약속 장소에 가 봤자 별로 환대를 못 받을 것 같았다. "이 정신 나간 도시는 항상 공사 중이라 뭐가 제대로 붙어 있질 않네요. 이렇게 혼자 계신데 불쑥 찾아와서 정말 죄송합니다." 홀에서 그는 또다시 주위와 계단 위를 휙 훑어봤다. "다른 이를 도와주는 사람은 영국인들뿐이군요." 그가 복도를 미끄러지듯 가로질러 묵직한 철망이 달린 바깥문을 비틀어 열었다. 순간 메디나로에서 둔탁한 차 소리가 들어왔다. 문이 획 닫히면서 그는 가 버렸다. 나는 조심스럽게 현관문을 닫고 침울한 정적 속으로 들어왔다. 잔기침을 뱉어 내는 늙은 친척처럼 에어컨이 덜걱덜걱 소리를 냈다. 대기에서 진한 살충제 냄새가 풍겼다. 가끔 걸어 다니면서 살충제를 뿌리면 투명한 안개 같고 베일 같은 살충제가 내 주위로 조용히 내려앉았다. 나는 다시 회화책과 테이프로 돌아가서 5과를 펼쳤다. 난 제다에 살아요. 난 오늘 바빠요. 신이 당신에게 힘을 주시길!

오후에 남편이 퇴근해서 집에 왔을 때 내가 말했다. "오늘 길을 잃은 남자 하나가 우리 집에 왔었어. 파키스탄 남자야. 사업가. 우리 집 전화를 쓰게 해 줬어."

남편은 아무 대꾸도 하지 않았다. 에어컨은 계속 헛기침 중이었다. 샤워를 하러 들어간 남편은 욕실에 있던 바퀴벌레들을 쫓아냈다. 샤워를 마치고 나온 남편은 몸에서 물을 뚝뚝 흘리며 벌거벗은 채 침대에 누워 천장을 멍하니 바라봤다. 다음 날 나는 그 남자의 명함을 쓰레기통에 쓸어 넣었다.

오후에 초인종이 다시 울렸다. 이자즈가 다시 와서 사과하고, 설명하고, 곤경에서 구해 줘서 고맙다는 인사를 했다. 나는 그에게 인스턴트커피를 타 줬고, 그는 앉아서 자신에 대해 이야기를 했다.

때는 1983년 6월이었다. 내가 사우디아라비아에서 지낸 지 육 개월이 됐을 때였다. 남편은 토론토에 본사가 있는 고문 지질학자들의 자문 회사 소속이었고, 광물자원부로 파견됐다. 남편의 동료들은 대부분 다양한 크기의 가족용 숙소 단지에서 지냈지만, 독신이나 우리처럼 아이가 없는 부부들은 그때그때 구할 수 있는 집을 잡아 머물러야 했다. 여긴 우리의 두 번째 아파트였다. 전에 이 집에 살던 미국인 독신남은 갑자기 이곳을 떠났다. 총 네 가구인 이 건물 2층에는 사우디아라비아 공무원이 아내와 아기와 같이 살았다. 1층에서 복도를 사이에 둔 우리 집 맞은편에는 개인 재무 관리를 하면서 정부를 위해 일하는 파키스탄 회계사가 살았다. 복도나 계단에서 여자 주민들을 만나면(한 명은 머리에서 발끝까지 검은 베일을 썼고, 또 한 명은 얼굴만 가리고 다녔다.) 우리 집에 살던 독신남은 "안녕하세요!" 혹은 "안녕!"이라는 말로 여자들의 삶에 활기를 불어넣었다.

그 이상의 무례한 짓을 하진 않았다. 하지만 불만이 제기되어 그는 사라졌고, 대신 우리가 거기에 살게 됐다. 우리 집은 사우디아라비아 기준으로 볼 때 작은 편이었다. 바닥에 베이지색 카펫이 깔렸고, 벽은 아주 옅은 황백색 벽지였는데 보일락 말락 아주 희미하게 주름진 무늬가 있었다. 창문마다 묵직한 목재 덧문이 달려서 안에서 손잡이를 돌리면 밑으로 내려 닫을 수 있었다. 덧문을 올려놓아도 방 안으론 희미한 빛만 새어 들어와 하루종일 가늘고 긴 형광등을 켜야 했다. 방들은 어두운 목재 소재의 이중문으로 차단돼 있었는데 묵직한 문들이 마치 관 뚜껑 같았다. 주위에 견본이 잔뜩 쌓인 장례식장에서 사는 것 같았다. 호시탐탐 기회를 엿보던 곤충들이 형광등을 향해 날아들어 타 죽었다.

이자즈는 마이애미 경영 대학원을 졸업했다고 말했다. 지금 다루는 주된 사업 품목은 생수였다. 어제 거래는 성사됐나요? 그는 대답을 얼버무렸다. 간단한 문제가 아닌 모양이었다. 그는 손사래를 쳤다. 시간을 좀 더 들여야죠, 시간을.

나는 아직 이 도시에 친구가 없었다. 사교 생활은 사람들이 사는 집을 중심으로 이뤄졌다. 여긴 영화관이나 연극을 공연하는 극장이나 강당 같은 공간이 없었다. 스포츠 시설은 몇 개 있지만 여자들은 들어가지 못했다.

'혼성 모임'은 금지돼 있었다. 사우디아라비아 사람들은 외국 노동자들과 어울리지 않았다. 그들은 외국인들을 필요악으로 보고 무시했다. 그래도 정작 서열 1위는 백인들이었다. 다른 외국인들, 예를 들어 이자즈 같은 사람들은 '제3세계 국민'이란 꼬리표를 단 채 온갖 잔인한 행위나 모욕 등 일상적으로 일어나는 골치아픈 문제에 시달렸다. 인도 사람들과 파키스탄 사람들은 상점과 소기업의 직원으로 일했다. 필리핀 사람들은 건설 현장에서 일했다. 수염을 기른 예멘 사람들은 문을 걸어 잠근 가게 밖에서 스커트를 걷어 올리고 털투성이 다리를 내놓은 채 앉아 있었다. 그들이 신은 고무 슬리퍼 옆으로 차들이 휙휙 소리를 내며 지나갔다.

나는 결혼했어요, 미국 여자와. 부인이 내 아내를 만나 줬으면 해요. 이자즈가 말했다. 어쩌면 부인이 내 아내를 위해 뭔가해 줄 수 있을지도 모르잖아요? 나는 기껏해야 평범한 제다 방식의 부부 동반 모임을 예측했다. 이 도시에서 여자들은 돌아다닐 수 있는 수단이 없었다. 여자들은 운전면허도 없고, 운전기사는 부자들만 거느렸다. 그러니까 남의 집을 방문하고 싶으면 부부가 함께 가야 했다. 이자즈와 내 남편이 친구가 될 것 같진 않았다. 이자즈는 한시도 가만히 있질 못하는 데다 매사에 불안하고 초조해했다. 그리고 아무 일도 아닌 걸로 웃었다. 그는 항상 옷깃을 잡아당기고, 흠집이 난 옥스퍼드화 속에서 발을 꼼지락거리고, 짝퉁 롤렉스를 두드리고, 항상 미안하다고 사과했다. 그는 항구 근처의 아파트에 산다고 말했다. 남동생과 제수씨와 같이 사는데 동생은 잠깐 마이애미에 갔다고, 어머니가 잠시 다니러 오셨다고, 미국에서 온 아내와 아들과 딸이 있고 아들은 여섯 살, 딸은 여덟 살이라고 했다. 지갑을 꺼내서 머리가 첨탑처럼 뾰족하고 얼굴이 이상하게 생긴 사내아이의 사진을 보여 줬다. "살렘이라고 해요."

이자즈는 가면서 다시 자신을 믿고 집 안으로 들여보내 줘서 고맙다고 인사했다. 그가 나쁜 사람일 수도 있었는데 말이다. 하지만 도움이 필요한 낯선 사람을 나쁘게 생각하는 건 영국적인 사고방식이 아니다. 문가에서 그와 악수했다. 이걸로 끝이군, 나는 생각했다. 마음 한구석으론 그편이 낫다고 생각했다.

여기서 여자들은 항상 사람들의 시선을 받는다. 정확히 말해서 세상에 자기 모습을 드러내지 않지만 그 존재 자체는 항상

타인들에게 인지된다. 파키스탄인 이웃인 야스민은 우리 집과 자기 집 사이를 오갈 때 구불구불하게 물결치는 머리 위에 스카프를 쓰고, 문 주위를 얼른 훔쳐본 후에, 대리석 바닥을 불안하게 총총걸음으로 가로지르면서 그 순간 누군가 무거운 현관문을 밀치고 들어올까 봐 항상 좌우를 두리번거린다. 나는 가끔 문 밑으로 새어 들어와 대리석 위에 쌓이는 먼지에 짜증이 나서 긴 빗자루를 가지고 혼자 쓸러 나가곤 했다. 이웃에 사는 사우디아라비아 남자는 2층에서 내려와 자기 차로 가는 길에 나를 마주치면 내 빗자루 위를 넘어가면서도 항상 고개를 돌려 내 얼굴을 외면했다. 다른 남자의 아내에 대한 존경의 표시로 날 보지 않은 척한 것이다.

이자즈가 내게 이런 존경의 표시를 했는지는 잘 모르겠다. 우리 상황은 지극히 이례적이었고 오해의 소지가 다분했다. 오후에 한 남자가 우리 집에 왔다. 그는 아마 위험을 감수하는 여자만이 낯선 사람을 자기 집에 들일 거라고 생각했을 것이다. 하지만 이자즈가 무슨 생각을 했는지 도무지 짐작할 수 없었다. 마이애미 경영 대학원을 나오고 서구에서 살았던 남자이기 때문에 확실히 그를 대하는 내 태도가 여기를 기준으로 한 정상적인

태도보다는 한발 더 나아간 것처럼 보이지 않았을까? 이자즈는
이제 나를 안다고 생각되는지 좀 더 느긋하게 이야기했다. 아주
시시한 농담들을 늘어놓으면서 혼자 웃었다. 하지만 그런 와중
에도 계속 발을 움직이고, 옷깃을 잡아당기고, 손가락을 여기저
기 대고 두드렸다. 회화 테이프를 듣고 나서 나는 그가 처했던 상
황이 19과에 나와 있다는 것을 알아차렸다. 내가 기사에게 주소
를 알려 줬지만, 그곳에 도착했을 때 그 주소에는 집이 한 채도
없었습니다. 나는 그를 무뚝뚝하면서도 무례하지 않게 대함으
로써 우리 관계는 아무것도 아니라는 사실을 그에게 보여 주고
싶었다. 나는 그에게 어떤 매력도 느끼지 않았으니까. 그에 대한
감정이 없어도 너무 없어서 미안한 마음이 들 정도였다. 그리고
이 부분에서 상황이 미묘하게 틀어지기 시작했다. 이자즈가 내
게 부여한 영국적인 사고방식이 사실임을 내가 증명해야 할 것
같은 느낌이 들었고, 동시에 그가 제3세계 국민이기 때문에 내
가 그를 무시하거나 우정을 거부한다고 생각하게 하면 안 될 것
같았다.

그의 두 번째와 세 번째 방문은 내 일상에 방해가 되어 슬슬
짜증이 나려고 했다. 그를 만나기 전에 나는 일체 어떤 선택의

여지도 없이 고립된 도시에서 이런 고독을 소중히 여기기로 결심했기 때문이다. 당시에 나는 몸이 좋지 않아서 독한 약들을 먹고 있었다. 그 약 때문에 머리가 쪼개질 듯이 아프고, 귀가 살짝 안 들리고, 배는 고픈데 음식이 잘 먹히지도 않았다. 약은 비싼 데다 영국에서 수입해 와야 했다. 남편의 회사가 영국에서 그 약을 운반해 왔다. 회사에 소문이 퍼져서 회사 직원 부인들은 내가 임신 촉진제를 먹고 있다고 생각했다. 하지만 나는 이런 사실을 몰랐기 때문에 여자들과 이야기를 나눌 때 뭔가 이상하고 조금은 위협적인 분위기가 있다고만 생각했다. 왜 이 여자들은 항상 의무적으로 참가하는 회사 행사에서 전에는 유산을 여러 번 했지만 지금은 아이가 유모차에서 폴짝폴짝 뛴다는 이야기를 하는 걸까? 나보다 나이가 많은 한 여자는 자식 둘을 입양했다고 고백했다. 나는 그 아이들을 보고 생각했다. 맙소사, 저 아이들을 어디서 입양했다는 거야, 동물원에서? 내 이웃인 파키스탄 여자도 내가 곧 갖게 될 아이에 대한 달콤한 수다에 끼어들었다. 그녀는 소문을 알고 있었는데 나는 그녀가 흘리는 암시를 첫아이를 임신했으니 친구가 필요해서 그런 거라고 해석했다. 나는 주로 오전의 한가한 시간에 그녀와 커피를 마시며 수다를 떨었다. 그때마다 아이보다는 이슬람에 대해 이야기하도록 유도했고, 그건 어렵지 않았다. 그녀는 많이 배운 여자인 데다 남을 가르치는 걸 좋아했다. 6월 6일. "이웃과 두 시간 동안 같이 있으면 시문회적 간구이 더 벌어졌다." 내 일기장에 이렇게 적었다.

다음 날 남편이 고국에서 보낼 우리의 첫 휴가를 위해 비행기 표와 내 출국 비자를 가져왔다. 휴가는 칠 주 후였다. 6월 9일 목요일 일기. "내 머리에서 새치를 하나 발견했다." 본국에서 총선이 실시돼 우리는 밤새 앉아 라디오의 BBC 월드 서비스에서 흘러나오는 선거 결과를 들었다. 마침내 불을 껐을 때 식료품점 딸이 「릴리불레로」●의 선율에 맞춰 춤을 추며 내 꿈속으로 들어왔다. 다음 날인 금요일은 휴일이어서 우리는 정오의 기도 소리가 들리기 전까지 아무 방해도 받지 않고 푹 잤다. 라마단◆이 시작됐다. 6월 15일 수요일 일기. "『트위본 사건』▲을 읽고 돌발적으로 토했다."

16일에 복도 맞은편에 사는 이웃이 흰옷을 입고 성지 순례

● 영국의 행진곡.

◆ 회교력의 제9월로 일출에서 일몰까지 단식함.

▲ 노벨 문학상을 수상한 오스트레일리아 작가 패트릭 화이트가 쓴 소설.

를 갔다. 그들은 떠나기 전에 우리 집 초인종을 눌렀다. "메카에서 뭘 좀 갖다줄까요?" 6월 19일에 나는 우울해서 집안 분위기에 변화를 주려고 거실 가구 배치를 바꾸고 나서 "별로 나아진 게 없다."라고 적었다. "머릿속에 불쑥불쑥 끼어드는 불쾌한 생각들" 때문에 괴롭다고 썼지만 그게 뭔지는 쓰지 않는다. 나는 그때 내 상태를 "덥고, 몸이 아프고, 기분이 언짢다."라고 묘사했다. 7월 4일에는 다른 때보다 더 행복했던 모양이다. 다림질하면서 베토벤의 「영웅 교향곡」을 들었으니까. 하지만 7월 10일 아침에는 내가 먼저 일어나서 커피를 끓이고 거실로 갔다가 가구들이 다시 원래 자리로 돌아가려 한 것을 발견했다. 안락의자 하나가 왼쪽으로 기울어진 모습이 마치 비틀비틀 춤을 춘 것 같았다. 한쪽은 카펫 위에 있었지만, 다른 쪽 다리 하나는 허공에 뜬 채 엉성한 쓰레기통 가장자리에서 균형을 잡고 있었다. 나는 입을 떡 벌리고 침실로 달려갔다. 그날은 라마단이 끝나고 이드● 휴일이 시작된 날이라 남편은 아직 잠이 덜 깬 상태였다. 나는 남편에게 횡설수설 상황을 설명했다. 남편은 아무 말 없이 일어나서, 안

● 이슬람교의 축제일.

경을 쓰고 날 따라왔다. 그는 거실 문간에 서서 주위를 둘러보고 다짜고짜 자신은 이 일과 아무 상관이 없다고 말했다. 남편은 욕실로 들어갔다. 남편이 문을 닫고, 바퀴벌레들에게 욕을 하고, 샤워기를 트는 소리가 들렸다. 나는 나중에 남편에게 말했다. 내가 잠을 자면서 돌아다닌 게 분명해. 당신도 그것 때문이라고 생각해? 내가 범인이라고 생각해? 7월 12일. "사형당하는 꿈을 다시 꾸기 시작했다."

문제는 내가 집에 있다는 걸 이자즈가 안다는 것이었다. 내가 달리 어딜 가겠는가? 어느 날 오후 나는 그가 하염없이 우리 집 문 앞에 서서 초인종을 누르고 또 누르게 내버려 뒀다. 다음번에 그를 우리 집에 들였을 때 그는 전에 어디 갔었느냐고 물었다. 나는 "미안해요, 이웃집에 갔었나 봐요."라고 대답했는데 그가 내 말을 믿지 않는 걸 알 수 있었다. 너무 슬픈 표정으로 날 봐서 그가 안쓰러웠다. 그는 이 제다라는 도시가 자신을 초조하게 만들고 화나게 만든다고 말했다. 그는 미국이 그립다고, 영국에 갔던 게 그립다고, 곧 휴가를 내야겠다고 했다. 당신네 부부는 언제 휴가를 가죠, 우리 부부랑 같이 만날 수 있지 않을까요? 우리 집은 런던이 아니라고 설명하자 이자즈가 놀랐다. 내가 요전

날 문을 열어 주지 않았듯이 내가 런던에 살지 않는다는 말도 자신을 피하려는 말이라고 짐작하는 것 같았다. "난 출국 비자를 받을 수 있어요." 그가 다시 말했다. "거기서 만나요. 이 모든 것들로부터 벗어나서……." 그는 관 뚜껑 같은 방문들, 묵직하고 제멋대로 움직이는 가구를 가리키며 말했다.

그는 그날 첫 번째 여자 친구인 패치스라는 별명을 가진 미국 여자에 대해 이야기해서 나를 웃겼다. 패치스를 상상하기는 쉬웠다. 햇볕에 그을린 대담한 그녀는 어느 날 윗옷을 벗고 벌거벗은 젖가슴을 그에게 흔들어 대면서 그의 매가리 없이 축 늘어진 총각 딱지를 떼 줬다. 그때 느꼈던 두려움, 그녀를 만진다는 공포…… 수치스러운 자신의 잠자리 기술 등을 회상하며 그는 주먹으로 이마를 문질렀다. 나는 그런 그에게 매료됐던 것 같다. 남자가 여자에게 그런 이야기를 얼마나 자주 하겠는가? 나는 웃기려고 그 이야기를 남편에게 해 줬지만 남편은 웃지 않았다. 종종 나는 남편에게 도움이 되려고 그가 회사에서 돌아오기 전에 진공청소기로 바퀴벌레들을 청소했다. 남편은 옷을 벗고 욕실로 향했다. 샤워기에서 물이 쏟아지는 소리가 들렸다. 19과. 당신은 결혼했나요? 네, 아내가 저와 같이 있어요. 아내는 방구석에서 있습니다. 나는 진공청소기의 먼지 주머니 속에서 허우적거리는 검은 바퀴벌레들을 상상했다.

나는 코미디 소설을 쓰고 있던 식탁으로 돌아갔다. 그것은 아무도 모르게 하는 작업이었다. 회사 직원 부인들에게는 한 번도 말한 적이 없었고, 내 자신에게도 거의 말하지 않았다. 나는 장을 보러 나갈 시간이 되기 전까지 형광등 불빛 아래서 글을 휘갈겨 썼다. 여기선 해 질 녘에 하는 기도와 밤 기도 시간 사이에 장을 봐야 한다. 시간을 잘못 맞추면 기도가 시작되자마자 가게들이 셔터를 내려서 가게 안에 갇히거나 바깥 주차장의 열기 속에 버려진다. 덕을 장려하고 악덕을 타파하는 윤리 위원회에서 나온 자원 봉사자들은 기도 시간이 되면 이런 쇼핑몰들에서 순찰을 돈다.

7월 말에 이자즈는 가족을 데리고 우리 집에 차를 마시러 왔다. 메리 베스는 자그마한 여자였는데 퉁퉁 부은 것처럼 보였다. 활기가 없고, 주근깨투성이에, 전체적으로 축 처진 그녀는 자꾸 움츠러드는 모습이 사교적인 대화에 익숙지 않아 보였다. 눈이 검은 별처럼 반짝거리고 말이 없는 딸은 우리 집을 방문하기 위해 입은 프릴이 달린 흰 드레스가 불편해 보였다. 머리가 첨

탑처럼 뾰족한 여섯 살짜리 살렘은 젖살이 없고 마치 팔다리는 부러지기라도 할 것처럼 자신 없게 움직이는 아이였다. 두 눈은 경계심으로 가득했다. 메리 베스는 나와 눈을 마주치는 일이 거의 없었다. 이자즈가 뭐라고 한 걸까? 그녀가 닮았으면 싶은 여자를 만나러 갈 거라고 했을까? 기분 좋은 오후는 아니었다. 내가 그 시간을 버텨 낼 수 있었던 이유는 그저 내 마음이 기대감으로 잔뜩 부풀었기 때문이다. 나는 고국으로 돌아갈 여행에 대비해 짐을 다 싸 놨다. 떠나기 하루 전날 내 옷을 보관하는 방에 들어갔을 때 또 다른 경악스러운 광경을 맞닥뜨렸다. 방에 있던 붙박이 옷장의 관 뚜껑처럼 크고 단단한 문들이 경첩에서 빠져나와 있었다. 위쪽은 다 풀리고 아래쪽 경첩만 간신히 남아 문의 위쪽 절반이 덜거덕거리는 비행기 날개처럼 펄럭였다.

8월 1일에 우리는 킹압둘아지즈 국제공항에 불어닥치는 극심한 폭풍우 속에서 출발했다. 비행기가 많이 흔들렸다. 나는 메리 베스가 어떤 상황일지 궁금했고 다시 그녀를 만나길 바랐지만, 다른 한편으론 그녀와 이자즈가 그냥 사라지길 빌었다.

나는 그동안 쓴 원고를 에이전트에게 맡기고 11월 말까지 영국에 머물렀다. 영국으로 떠나기 직전에 여자 대학에서 파트타임으로 문학 강좌를 듣는 내 사우디아라비아 이웃을 만났다. 이곳에서 여성이 받는 교육이란 사치이자 장식이자 남편이 자신의 관대함을 과시하는 수단이었다. 과제를 시작조차 못한 무니라를 위해 나는 오전 느지막이 그녀의 집으로 올라가서 네글리제를 입은 그녀가 텔레비전에서 하는 이집트 드라마를 보며 호박씨를 먹는 동안 숙제를 대신 해 주게 됐다. 야스민과 무니라와 나, 이렇게 우리 셋은 오전에 모이는 친구가 됐다. 나는 생각했다, 이 여자들은 날 지켜보다 내가 없을 때는 내 이야기를 하겠지. 무니라가 내려오는 것보다 나와 야스민이 위층에 있는 무니라의 집으로 가는 게 더 쉬웠다. 무니라가 한번 내려오려면 머리부터 발끝까지 아바야*와 베일로 둘러싸야 했으니까. 게다가 거리에서 어떤 남자가 불쑥 들어와서 "안녕!" 하고 소리칠지도 모르는 계단이라는 공적인 장소를 지나야 하는 위험한 순간을 거쳐야 하니까. 야스민은 페르시아 세밀화에 나오는 공주처럼 섬세한 여자였다. 나보다 어린 야스민은 흠잡을 데 없이 우아하

● 　아랍인들이 몸 위에 두르는 긴 천.

게 차려입은 데다 예의 바르고 조신한 태도까지 완벽했다. 무니라는 열아홉 살로 선이 굵고 뚜렷한 이목구비에 피부가 창백했고, 텁수룩한 머리는 정전기로 갈라져 활기가 넘치는 자기만의 다른 생을 사는 것처럼 보였다. 무니라의 킬킬거리는 웃음소리는 크고 요란했다. 무니라와 야스민은 방석에 앉았는데 내겐 따로 의자를 주면서 앉으라고 고집을 피웠다. 그들은 날 대접하는 마음에서 네스카페 커피를 내왔지만 차라리 질척거리는 사우디아라비아 차가 더 좋았을 것이다. 나는 카페인이 편두통에 미치는 무지막지한 효과를 절감했다. 가끔은 밤새 잠을 못 이루고 이 벽에서 저 벽 사이로 오락가락 걸어 다니다 새벽 기도 소리가 들렸을 때에야 비로소 내가 썼을 만한 책들을 끊임없이 생각하면서 침대로 간 적도 있다.

이자즈가 12월 6일에 초인종을 울렸다. 그는 긴 휴가를 보내고 돌아온 나를 보고 굉장히 기뻐했다. 그는 환하게 빛나는 얼굴로 말했다. "이제 당신은 어느 때보다 더 패치스 같아졌어요." 나는 순간 화들짝 놀랐다. 전에는 이런 말을 한 번도, 단 한 번도 한 적이 없었다. 그는 내가 전보다 더 날씬해지고 좋아 보인다고 말했다. 그동안 먹던 약을 줄이고 볕을 좀 쬐서 그런 것 같았다. 하지만 그가 말했다. "아니요, 당신은 뭔가 달라졌어요." 회사 직원 마누라 중 하나도 같은 말을 했다. 그 여자는 물론 내가 마침내 임신에 성공했다고 생각했을 것이다.

나는 이자즈를 거실로 안내하고, 그가 내게 찬사를 퍼붓는 동안 커피를 끓였다. "아마 내 책 때문인지도 몰라요." 나는 앉으면서 말했다. "그게, 내가 책을 한 권 썼거든요……." 내 목소리가 점점 작아졌다. 이건 그의 세계가 아니다. 제다에서는 아무도 책을 읽지 않는다. 이곳 가게에서는 술이나 책꽂이만 빼고는 뭐든 다 살 수 있다. 내 이웃 야스민은 영문학을 전공했지만 결혼한 후로 책은 단 한 권도 안 읽었다고 했다. 그녀는 매일 디너파티를 여느라 바빠서 시간이 없다. 나는 조금 성공을 거뒀다고, 혹은 그러길 바란다고 설명했다. 내가 소설을 한 권 썼는데 에이전트가 그걸 받아 줬다고.

"아이들을 위한 이야기책인가요?"

"어른들이 보는 책이에요."

"그걸 휴가 때 썼단 말이에요?"

"아뇨, 항상 쓰고 있었어요." 나는 그를 속인 것 같은 기분이 들었다. 내가 초인종 소리를 무시했을 때도 그 글을 쓰고 있었다.

"당신 남편이 출판 비용을 대겠군요."

"아뇨. 운이 따라 주면 출판사가 내게 돈을 줄 거예요. 내 에이전트는 내 원고를 출판사에 팔 수 있기를 바라요."

"그 에이전트란 사람은 어디서 만났어요?"

나는 차마 『작가와 예술가 연감』을 보고 그 사람을 골랐다는 말은 할 수 없었다. "런던에 있는 그 사람 사무실에서요."

"하지만 당신은 런던에 안 살잖아요." 이자즈는 마치 확실한 승부수를 던지는 승부사처럼 말했다. 그는 내 이야기에서 오류를 찾으려고 모든 신경을 집중했다. "아마 그 사람은 좋은 사람이 아닐 거예요. 당신 돈을 훔치려고 할지도 몰라요."

나는 물론 그의 세계에서 '에이전트'란 용어는 아주 광범위한 데다 도덕적으로 불미스러운 범주에 속할 거라는 점을 이해했다. 하지만 그의 명함에 적힌 '수출입상'이라는 말은 또 어떤가? 그 말 역시 내게는 아주 정직한 말처럼 들리지 않았다. 나는 그와 논쟁하고 싶었다. 나는 아까 패치스와 나를 비교한 말 때문에 아직도 화가 나 있었다. 이자즈가 한마디 경고도 없이 우리 관계를 바꿔 버린 것 같았다.

"난 그렇게 생각하지 않아요. 난 그에게 돈은 한 푼도 주지 않았어요. 그의 회사는 아주 유명해요." 그 사무실이 어디 있는데요? 이자즈가 콧방귀를 뀌며 말했다. 나는 단호하게 내 의견을 주장하려고 애썼다. 하지만 왜 그 에이전트 사무실이 윌리엄 1가에 있다는 사실이 동시에 윤리적으로도 훌륭하다는 점을 보장해 준다고 생각했을까? 이자즈는 런던 지리를 잘 알았다. "채링 크로스 지하철역 말이죠?" 그는 여전히 화가 난 것처럼 보였다. "트라팔가 광장 근처?"

이자즈는 계속 툴툴거렸다. "거길 혼자 갔단 말이에요?"

나는 노여워하는 그를 달래지 않았다. 그 대신 비스킷을 하나 줬다. 나는 내가 무슨 일을 하는지 그가 이해하길 기대하지 않았지만, 그는 또 다른 남자가 내 인생에 들어왔다는 사실에 기분이 상한 듯 보였다.

"메리 베스는 어때요?" 내가 물었다.

"신장병에 걸렸어요."

나는 충격을 받았다. "심각한가요?"

그는 어깨를 들어 올렸다. 으쓱이라기보다는 마치 해묵은 통증을 덜려고 어깨 관절을 돌리는 것 같은 동작이었다.

"치료받으러 미국으로 돌아가야 해요. 괜찮아요. 어쨌든 난 그 여자랑 끝내던 중이었으니까."

나는 그를 외면했다. 이런 상황은 전혀 예상하지 못했는데.

"당신이 불행하다니 유감이군요."

"정말 그 여자는 뭐가 문제인지 모르겠어요." 그는 서둘러 말했다.

"항상 우울하고 울적해하기만 하고."

"알잖아요, 여긴 여자가 살기에 쉬운 곳이 아니에요."

하지만 그가 정말 알까? 짜증이 난 그가 말했다. "그 여자는 큰 차를 원했어요. 그래서 내가 큰 차도 샀어요. 더 이상 뭘 더 원하는 거죠?"

12월 6일. "이자즈가 너무 오래 머물다 갔다."라고 일기에 적었다. 다음 날 그는 또 왔다. 그가 아내에 대해 말하는 방식과 마이애미에서 지내던 시절에 만난 패치스와 나를 비교하는 태도를 보고 다시는 만나선 안 되겠다고 생각했다. 하지만 그는 계략을 하나 꾸민 데다 절대로 그걸 포기하지 않으려고 했다. 자기 집에서 하는 디너파티에 내 남편과 함께 와서 그의 가족과 사업상 알게 된 사람들을 만나 달라는 것이었다. 내가 영국에 휴가 가기 전부터 그는 이 계획을 이야기했고, 그 계획이 그에게 아주 중요하다는 것을 알 수 있었다. 나는 할 수만 있다면 도움이 되고 싶었다. 그가 국제적인 모임을 주선할 수 있다면, 좀 더 노골적으로 말해서 백인 친구들을 보여 줄 수 있다면 그의 고객들에게 세상 물정에 밝은 사람으로 비쳐질 것이다. 그날이 되었다. 그는 제수 씨가 와서 이미 요리를 준비하는 중이라고 말했다. 나는 그녀를 만나 보고 싶었다. 나는 이렇게 외국에 나와 사는 아시아인들이 여러 언어를 구사하며 사업을 하는 과정에서 좌절을 당하면서도 견뎌 내는 방식을 존경했고, 그 제수 씨라는 여자가 서양 사람에 더 가까운지 아니면 동양 사람에 더 가까운지 보고 싶었다. "우리 집에 올 교통수단을 마련해야 해요. 내가 당신 남편이 집에 오는 시간에 맞춰 목요일에 올게요. 4시요. 당신 남편에게 우리 집에 오는 길을 알려 줘야죠." 이자즈가 말했다. 나는 고개를 끄덕였다. 약도를 그려 줘 봤자 소용이 없었다. 길들이 또 바뀔지도 몰랐다.

12월 8일의 만남은 실패로 돌아갔다.

이자즈는 약속 시간에 늦었지만 그 사실을 모르는 것 같았다. 남편은 집주인으로서 최소한의 예의만 갖춘 채 자신의 안락의자에 떡 버티고 앉아 있었다. 거실에서 공중 부양을 시도한 바로그 의자였다. 경계를 늦추지 않는 침묵 때문에 남편은 가구나 손님들이나 다른 곳에서 일어나는 어떤 허튼짓도 절대 용납하지 않으려는 것처럼 보였다. 소파 가장자리에 앉은 이자즈는 무릎 위에 바클라바* 부스러기를 흘리면서 포크를 쥐었다가 커피 컵을 들었다 내려놨다 했다. 디너파티를 마치고 다음 날 비행기를 타고 사업차 미국에 갈 거라고 그가 말했다.

"런던을 경유해서 갈 겁니다. 거기서 좀 쉬려고요. 한 사나흘 긴장을 풀고 푹 쉬어야죠."

남편이 그에게 거기에 친구가 있느냐고 물어본 걸 보니 조금 흥미가 동한 모양이었다. "아주 오랜 친구죠." 이자즈가 파이 부스러기들을 카펫 위로 털어 내면서 말했다. "트라팔가 광장 근처에 살아요. 아주 좋은 동네죠. 당신도 아시죠?"

내 가슴이 덜컹했다. 문자 그대로 가슴이 철렁 내려앉았다. 그 순간 자연광이라곤 거의 없이 보냈던 몇 달이란 시간이 그대로 내게서 사라져 버렸다. 이자즈가 떠난 후(그는 문지방 근처에 서서 자기 집으로 오는 더 나은 길이 무엇인지 한참을 알려 줬다.) 나는 남편

● 호두, 밤, 꿀 등을 넣은 중동 지방의 디저트 파이.

에게 뭐라고 해야 할지 몰라서 욕실에 들어가, 바퀴벌레들을 걷어차고, 미지근하게 흘러나오는 물 속에 몸을 움츠렸다. 그리고 타월로 몸을 감싼 채 어둠 속에서 침대 위에 누웠다. 남편이(안락의자가 아니라 남편이길 빌었다.) 거실에서 돌아다니는 소리를 들을 수 있었다. 당시에는 눈을 감으면 가끔 내 두개골 속을 들여다보는 듯한 느낌이 들었다. 내 뇌의 반구들을 볼 수 있었다. 그 반구들은 복잡하게 얽혀 있었고 황회색이었다.

———————————

항구 근처에 자리한 이자즈 가족의 아파트는 음식 냄새와 가구들로 꽉 차 있었다. 손이 닿는 곳마다 사진이 놓여 있었고, 카펫 위에 또 카펫이 깔려 있었다. 더운 밤이었고, 에어컨이 힘겹게 돌아가는 내내 잔기침을 해 가면서 물과 함께 곰팡이 홀씨와 병균을 뱉어 냈다. 식탁에 깐 리넨 테이블보는 축 늘어져 있었고 가장자리에는 술 장식이 많았다. 나는 그 장식들을 계속 만지작거렸는데 마치 테디 베어의 귀처럼 나일론 털 같은 촉감이었다. 나는 바짝 긴장했지만 그 술 장식을 만지면 마음이 좀 편해졌다.

식탁에는 둔해 보이는 노파가 앉아 긴 턱을 쉴 새 없이 움직이며 쩝쩝거리고 있었다. 스팽글이 붙은 사리를 입었다는 점만 제외하면 갱탱 마시가 그린 「못생긴 공작부인」 같아 보였다. 이자즈의 제수씨는 생기 있으면서도 성마른 여자로 말을 할 때마다 빈정대는 투였다. 나는 그 이유를 짐작할 수 있었다. 다 안다는 그녀의 묘한 표정으로 봐서 이자즈가 나에 대해 뭐라고 이상한 말을 한 게 분명했다. 만약 그가 미래의 신붓감이라고 말했더라도 나는 그런 말을 뒷받침할 만한 행동은 전혀 하지 않았다. 내가 음식에 거의 손도 대지 않은 걸 봤을 때 그녀의 냉소는 더욱 차가워졌다. 나는 계속 미소 지으면서 고개를 끄덕이며 그녀가 권하는 음식은 사양한 채 파슬리 이파리를 조금씩 뜯어 먹고 환타를 마셨다. 나도 먹고 싶었지만 이건 그녀가 내게 찻잔 깔개 장식으로 돌을 싸서 먹으라고 권하는 거나 다를 바 없는 상황이었다. 이자즈는 사우디아라비아 사람들처럼 서양의 결혼은 아무 의미가 없다고 생각했던 걸까? 서양 사람들은 충동적으로 결혼하고 충동적으로 그 결혼을 깬다고 생각하는 걸까? 이자즈는 자신이 메리 베스를 털어 내는 것처럼 내 남편도 날 털어 내고 싶어 한다고 생각하는 걸까? 이자즈의 입장에서 보면 그날 저녁은 생각대로 잘 풀리지 않았다. 그는 돈줄을 쥐고 있는 중요한 사업 파트너인 슈퍼마켓 매니저 두 명이 그 파티에 오길 기대했다. 이제 저녁 기도가 끝났고, 다시 차들이 움직여 팔레스타인로에서 씸기를 거쳐 펩시 입체 교차로까지 윙윙 소리를 내고 있는데 대체 그들은 어디에 있는 걸까? 이자즈의 얼굴에서 땀방울이 흘러내렸다. 전화기 버튼을 여기저기 눌러 댔다. "오케이, 그분이 늦는다고요? 출발했나요? 지금 오고 있나요?" 이자즈는 쾅 소리를 내며 수화기를 내려놓더니, 마치 전화기가 애완용 새이고 그렇게 노려보면 다시 지저귀기라도 할 것처럼 뚫어져라 바라보았다. "여기선 시간이 아무 의미가 없죠." 그는 그렇게 농담을 하면서 자신의 옷깃을 잡아당겼다. 제수씨는 어깨를 으쓱하더니 입술을 삐죽거렸다. 그녀는 한시도 쉬지 않고 복숭앗빛 시폰 사리를 입은 몸을 경쾌하게 움직여 방과 부엌을 오갔고, 매번 다른 음식을 담은 쟁반을 들고 부엌에서 돌아왔다. 어쩌면 보이지 않는 곳에서 온몸에 기름기가 번들거리는 하녀가 울면서 음식을 만들고 있는지도 몰랐다. 그 말 없는 노파는 접시들을 자기 쪽으로 끌어당기고 체계적으로 음식을 먹어 치우기 시작했다. 잠시 고개를 돌렸다가 다시 접시를 보면 텅 비어 있곤 했다. 이따금 전화벨이 울렸다. "좋아요, 그 사람들이 거의 다 왔다고 하네요." 이자즈가 소리쳤다. 십 분 후 그의 이마에 다시 주름이 잡혔다. "아무래도 그 사람들이 길을 잃은 것 같아요."

"물론 길을 잃었겠죠." 제수씨가 노래하듯이 말했다. 그리고 낄낄 웃었다. 그녀는 이 상황을 즐기고 있었다. 19과, 이 문장들을 해석하시오. 그가 지도를 거꾸로 들고 있는 한 결코 그 집을 찾을 수 없을 것이다. 그들은 오늘 아침에 여행을 시작했지만 아직 도착하지 못했다. 이곳에서 어딘가에 가려고 하는 건 가망이 없는 일처럼 보였고, 그 회화책이 그 점을 인정하고 있었다. 물론 나는 정말 아랍어를 배우는 건 아니었다. 그러기엔 너무 인내심이 없었다. 그저 책장을 대충 넘기면서 유용하게 쓸 만한 표현들을 찾아볼 뿐이었다. 우리는 오랫동안, 밤이 깊을 때까지 결코 올 생각이 없는 남자들을 기다렸다. 결국 속이 상할 대로 상해서 무뚝뚝해진 이자즈가 우리를 문까지 안내했다. 나는 남편이 밖에 나와 축축한 공기를 들이마시는 소리를 들었다. "이런 일은 다시는 없을 거야." 나는 남편을 위로했다. "그 사람을 불쌍하게 생각해야 해." 차에서 내가 남편에게 말했다. 남편은 아무 대꾸도 하지 않았다.

12월 13일 일기에 나는 "어둠과 다리미질과 하수구 냄새" 때문에 우울해졌다고 적었다. 「영웅 교향곡」 테이프가 녹음기 안에서 엉켜 버려 더 이상 틀 수 없었다. 한가한 때에 나는 위층에 사는 이웃을 위해 40장에 달하는 『올리버 트위스트』를 요약했다. 사흘 후 나는 '끔찍하게 불안정하고 불안해하면서' 『리틀턴-하트 데이비스 편지들』*을 읽었다. 그 주 후반에는 이웃인 야스민과 요리를 했다. 나는 "고통이 희미해져 가는 오후"라고 일기에 적었다. 그래도 이자즈가 외국에 있어서 초인종이 울리지 않으리라는 걸 알 때 내가 훨씬 더 편하게 숨 쉬고 있다는 사실을 깨달았다. 12월 16일, 나는 『철학자의 제자』◆를 읽고 위층에 있는 내 학생을 보러 갔다. 무니라는 내가 요약한 올리버 트위스트 이야기를 받아서 획획 넘겨 보더니 하품을 하고는 텔레비전을 켰다. "구빈원이 뭐지?" 나는 영국의 빈민 구제법에 대해 설명하려고 노력해 봤지만 그녀의 표정은 멍하기만 했다. 그녀는 단 한 번도 가난에 대해 들어 본 적이 없었다. 무니라는 화제를 바

● 두 영국 작가인 조지 리틀턴과 루퍼트 하트 데이비스 사이에 오간 편지들을 엮은 책.

◆ 영국 작가 아이리스 머독이 쓴 소설.

꾸려고 소리를 질러 하녀를 불렀다. 귀청이 떨어지게 큰 소리로 부르자 녹초가 된 인도네시아 하녀가 무니라의 딸을 데려왔다. 튼실한 체구의 아이는 심각한 표정으로 혼자 발을 구르거나 걸으려고 하면서 잡을 곳을 찾아 팔을 허우적거렸다. 아이가 엉덩방아를 찧었다가 끙끙거리면서 다시 소파를 잡고 일어섰다. 그 바람에 쿠션들이 밑으로 떨어져서 아이는 쿵 소리를 내며 뒤로 넘어졌다. 곱슬곱슬한 머리카락이 달린 큰 머리가 바닥에 부딪히자 누워서 큰 소리로 울기 시작했다. 무니라는 아이를 보며 웃었다. "흰둥이야, 그렇지 않아? 저 납작한 코는 우리 집에서 물려받은 게 아니야. 저 퉁퉁한 입술도 그렇고. 시집 사람들이 다 저렇게 생겼어. 하지만 물론 그들은 다 날 닮아서 저 모양이라고 하지." 무니라가 설명했다.

1984년 1월 2일. 우리는 칼리드 빈 와흘리드가에 있는 어둡고 작은 레스토랑에 갔다. 거기서 우리 부부는 '가족석'으로 분류해 격자 모양의 칸막이를 친 자리에 앉았다. 레스토랑은 같이 식사를 하는 남자들로 가득 차 있었다. 외식은 즐거움이라기보다 일종의 제스처에 지나지 않았다. 와인을 마시면서 제대로 격식을 차리느라 식사 속도가 느려질 이유가 없었기 때문에 우리는 아주 빨리 음식을 먹어 치웠고, 남자와 여자가 생명을 유지하는 목적 외에 다른 목적으로 함께 식사를 할 거라는 개념 자체가 없는 이곳 웨이터들은 우리가 먹어 치운 접시를 곧바로 가져가고 바로 다른 요리를 내와서 최대한 빨리 우리를 먼지투성이 거리로 내쫓는 일에 자부심을 가지고 있었다. 조잡한 공상 과학 영화에 나오는 조명처럼 항상 켜져 있는 가로등의 먼지 낀 오렌지색 불빛이 보이고, 끊임없이 으르렁대는 차 소리가 들렸다. 나는 교통사고를 두려워하게 됐다. 이곳에서 교통사고는 빈번하게 일어났다. 우리는 차를 몰고 가는 밤이면 다리와 입체 교차로 아래에 크게 갈라진 공간들을 봤다. 그 공간들은 내게 교통사고 희생자가 힘없이 몸을 떨면서 생의 마지막 순간을 재현하는 원형 극장처럼 보였다. 가끔 아파트 밖으로 발을 내디딜 때면 몸을 떨기 시작했다. 나는 내가 먹는 약을 탓했다. 다시 복용량이 늘어났다. 다른 부인들은 나와 같은 어려움을 겪는 것 같지 않았다. 그들은 어린이용 수영장과 이전에 홍콩에서 지낸 생활에 대해 이야기했다. 그들은 액세서리를 사러 야외 시장에 가는 모임을 조직했다. 그래서 뼈만 남은 앙상한 갈색 팔에 팔찌를 주렁주렁 차고 다녔는데 그 팔찌들이 쨍그랑거리는 소리가 마치 잔 속에서 서로 부딪치는 각얼음 소리 같았다. 밸런타인데이에 우리는 치즈 파티에 갔다. 와인이 엄청 나왔으리라는 건 상상할 수 있을 것이다. 나는 행복감에 잔뜩 취해 있었다. 내 소설이 팔렸다는 소식을 담은 편지가 윌리엄 4가에서 도착했기 때문이다. 에담 치즈에 이쑤시개를 꽂아 들고 다니던 남편의 상사가 내 옆에 불쑥 나타났다. "당신 남편이 그러던데 책을 출판한다고요. 그 친구 돈이 꽤 들어갔겠어요."

이자즈는 아직 미국에 있을 거라는 짐작이 들었다. 어쨌든 그는 사업뿐만 아니라 결혼 문제도 정리해야 했으니까. 그는 3월 17일 전까지 내 일기장에 나타나지 않았다. 성 패트릭의 날이었던 그날 내 일기장에는 "이자즈에게서 전화가 왔다. 정말 반갑지 않았다."라고 적혀 있었다. 나는 예의를 갖추기 위해 사업은 어떠냐고 물었다. 그는 항상 그러듯이 애매하게 대답했다. 그는 내게 다른 할 말이 있었다. "메리 베스를 내 인생에서 치워 버렸어요. 이제 그녀는 떠났어요."

"아이들은 어쩌고요?"

"살렘은 나와 함께 지내요. 딸은 상관없어요. 딸은 메리 베스가 원하면 데려갈 수 있어요."

"이자즈, 있죠, 그만 가 봐야겠어요. 초인종 소리가 들려요."

참 대단한 거짓말이다.

"누가 왔죠?"

뭐야, 내가 벽을 뚫어 보는 능력이라도 있다고 생각해? 순간
너무 화가 나서 우리 집 문 앞에 아무도 없다는 사실을 까맣게
잊어버렸다. "아마 이웃이겠죠." 나는 순종적으로 대꾸했다.

"곧 만나요." 이자즈가 말했다.

나는 그날 밤 결정했다. 더 이상 참을 수 없었다. 이자즈와
는 이제 커피 한잔 마시는 것도 견디기 힘들 것 같았다. 그런데
그 관계를 끝낼 방법이 내게는 없었고, 그 점에 대해 나는 내 주
위 환경이 날 그렇게 무력하게 만들었다고 변명했다. 나는 대놓
고 이자즈에게 말할 수 없다. 내게는 아직 그를 냉대하고 거절할
만한 힘이 없었다. 하지만 그를 생각만 해도 나의 어리석음과 수
치심과 그가 자기 삶에 대해 왜곡해 말한 애석한 거짓말과 우리
가 처하게 된 어색한 상황이 떠올라 몹시 당혹스러웠고 몸이 꿈
틀거렸다. 나는 이자즈의 제수씨를, 그녀가 입은 복숭앗빛 시폰
사리와 삐죽거리는 입술을 떠올렸다.

다음 날 퇴근해서 집에 돌아온 남편을 앉혀 놓고 이야기를

시작했다. 이자즈에게 더 이상 우리 집에 오지 말아 달라는 편지를 써 달라고 부탁했다. 이자즈가 자꾸 날 찾아오는 걸 이웃 사람들이 눈치채서 오해할까 봐 두렵다고 했다. 그렇게 되면 남편도 알다시피 우리 둘 다 위험해질 수 있다고 했다. 남편은 묵묵히 내 말을 끝까지 들어 줬다. 길게 쓸 필요도 없어, 그 사람은 무슨 말인지 알아들을 거야, 나는 남편에게 애원했다. 내가 직접 이 상황을 정리할 수 있어야 하지만 그럴 수가 없다. 이건 내 능력 밖의 일이거나 혹은 그렇게 보인다. 귓가에 들리는 내 목소리가 귀에 거슬리고 불쾌했다. 나는 필사적으로 피하려 애쓰던 일을 하고 있었다. 나는 이 사회의 관습 뒤에 숨어서 여성적이고, 약하고, 악의적인 방식으로 내가 자초한 문제를 제거하는 중이었다.

남편은 이 모든 것을 다 알았다. 그렇지만 내색을 하지 않았다. 남편은 일어나서 샤워를 했다. 그리고 목재 덧문들이 방 안으로 들어오는 오후의 가느다란 햇살까지 지워 버린 침실의 짙고 불편한 어둠 속에 누웠다. 나는 남편 옆에 누웠다. 그러다 저녁 기도 소리에 설핏 잠에서 깼다. 남편은 이미 일어나서 편지를 썼다. 남편이 서류 가방을 닫을 때 나던 찰칵 소리가 기억난다.

편지에 뭐라고 썼는지 남편에게 물은 적은 없지만 뭐라고 썼건 효과가 있었다. 그 후론 아무것도 없었다. 자기 잘못을 깨달 았다는 내용을 써서 문 밑으로 밀어 넣은 쪽지 한 장 없었고, 유 감스러워하는 전화 한 통 없었다. 침묵뿐이었다. 내 일기는 계속 됐지만 이자즈는 거기서 퇴장했다. 나는 『풀려난 주커만』,● 『현 재와 과거』,◆ 『유리병 공장 야유회』▲를 읽었다. 남편 회사의 우체 통이 우편물이 든 채로 사라졌다. 우체통은 땅에 고정된 물체이 고 마음대로 돌아다니지 않을 거라고 생각하겠지만, 그로부터 아주 많은 날이 지난 후에 멀리 떨어진 우체국에서 그 우체통이 발견됐다. 나는 가구가 움직일 수 있다면 우체통도 그럴 수 있다 고 생각한다. 서서히 다음 휴가가 다가왔다. 5월 10일에 우리는 계약이 종료된 탈옥수를 위한 송별회에 참석했다. 5월 11일 일기 의 내용은 이랬다. "춤추다 넘어져서 발목을 삐었다. 발목에 붕 대를 감은 채 영화 「텍사스 전기톱 학살」을 봤다."

　　제다에서의 내 복역 기간은 아직 많이 남아 있었다. 1986년 봄에 마침내 그 집을 떠났다. 그때 우리는 두 번 더 이사를 했고,

---

● 미국 소설가 필립 로스가 쓴 소설.

◆ 영국 소설가 아이비 콤튼버넷이 쓴 소설.

▲ 영국 소설가 베릴 베인브리지가 쓴 소설.

시내 곳곳을 돌다 결국 고속도로에서 조금 떨어진 주택 단지를 발견했다. 이자즈에 대한 소식은 한 번도 듣지 못했다. 알수로 거리 모퉁이의 아파트에 틀어박혀 있던 여자는 내게 낯선 사람처럼 느껴졌다. 나는 여자가 어떻게 해야 했겠냐고, 그 상황을 어떻게 더 잘 처리할 수 있었겠냐고 자문했다. 그녀는 우선 약들을 버렸어야 했다. 이제 그 약을 먹으면 불안해지고, 귀가 잘 안 들리고, 속이 메스꺼워진다는 걸 모두 알기 때문에 요즘에는 그 약이 최악의 경우를 대비한 수단이 됐다. 하지만 이자즈는? 애초에 문을 열어 주지 말았어야 했다. 신중할 줄 아는 것이 진정한 용기인 법이다. 그녀는 항상 그렇게 말했다. 그렇게 오랜 시간이 흘렀는데도 정확히 무슨 일이 일어났는지 이해하기가 쉽지 않다. 나는 일어난 그대로 적어 보려고 했지만 그 일에 관련된 사람들을 보호하기 위해 이름은 바꿨다. 제다에서 보낸 시간 때문에 그 후로 내가 어떤 면에서 영원히 약간 비딱하게 기울어진 채 삶을 왜곡된 시선으로 보게 된 건 아닐까 하는 생각이 들었다. 나는 문들이 경첩에 고정된 그대로 계속 닫혀 있을지 전혀 확신할 수 없고, 밤에 불을 끄면 집 안 전체가 내가 놔둔 그대로 가만있을지 아니면 어둠 속에서 가구가 신나게 돌아다닐지 모를 일이다.

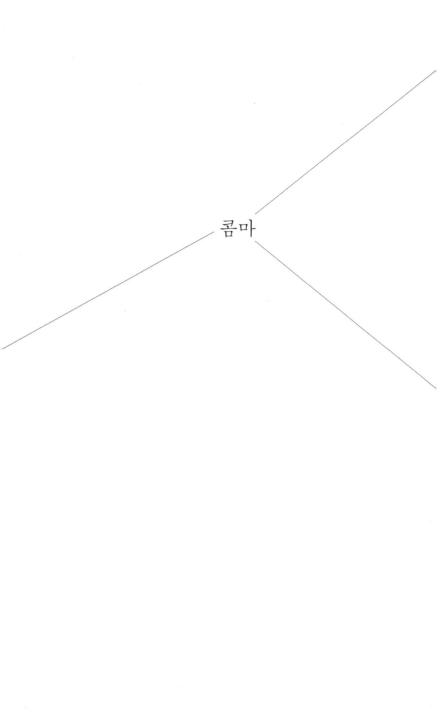

콤마

이제 허벅지에 면직물 원피스를 펼친 채 무릎을 벌리고 덤불 속에 쭈그리고 앉은 메리 조플린이 보인다. 역사상 가장 더웠던 여름에(그해가 그랬다.) 메리는 생각에 잠겨 코를 훌쩍이다가 코끝이 위로 살짝 들린 콧등을 손등으로 슥 문지르더니 달팽이가 지나간 것같이 반짝거리는 콧물 자국을 살폈다. 우리 둘은 풀이 귀에 닿을 정도로 높이 자라 간질거리는 덤불 속에 웅크리고 있었다. 처음에 간질거리던 그 풀은 여름이 깊어 가면서 우리의 맨다리에 따갑게, 원시 부족의 그림처럼 하얀 선을 죽죽 그어 댔다. 가끔 우리는 보이지 않는 줄이 우리를 확 잡아당긴 것처럼 동시에 벌떡 일어섰다. 우리는 우리에게 금지된 목적지를 향해 거친 풀을 휙휙 헤치면서 나아갔다. 그러다 미리 정해진 어떤 신호를 받은 것처럼 얼른 몸을 숙여서 마치 하느님이 들판을 내려다보고 있는 양 몸을 반쯤 숨겼다.

그렇게 우리는 풀 속에 숨어서 이야기를 나누었다. 작년에 딱 맞았지만 지금은 너무 작은 검은색과 흰색이 섞인 체크무늬 반바지를 입은 여덟 살의 나는 조심스럽게 한 마디씩 하는 편이었다. 팔이 비쩍 마르고, 무릎이 툭 불거져 나오고, 다리에 멍이든 메리는 낄낄 웃다가 내 말에 콧방귀를 뀌어 댔다. 누가 묶었는지 모르지만 아마 메리가 손수 흰 리본으로 묶었을 것 같은 쥐꼬리 같은 머리는 오후가 되면 옆으로 비딱하게 돌아가서 마치 서투르게 묶은 소포 같았다. 메리 조플린이 물었다.

"너 부자야?"

나는 깜짝 놀랐다. "아닌 것 같은데. 우리 집은 중간이야. 넌 부자야?"

메리는 골똘히 생각했다. 그러다 이제 우리가 동지라도 되는 것처럼 내게 씩 웃어 보였다. "우리도 중간이야."

가난은 위로 치뜬 파란 눈과 동냥을 뜻했다. 고아원 아이. 가난한 아이는 색색의 헝겊을 대서 기운 옷을 입고 다닌다. 그림책에 나오는 가난한 아이는 숲속의 물이 뚝뚝 떨어지는 박공지붕이나 초가지붕 밑에 산다. 가난한 아이는 조각보를 덮은 바구니를 들고서 위험을 무릅쓰고 할머니에게 간다. 가난한 아이의 집은 케이크로 만들어져 있다.

　나는 할머니 집에 갈 때 빈손이다. 그저 어른들이 할머니 적적하시지 말라고 보낸다. 그게 정확히 무슨 뜻인지는 나도 모른다. 가끔은 할머니가 집에 가라고 보내 줄 때까지 멍하니 벽만 보고 있다. 또 가끔은 콩 껍질을 까게 할 때도 있다. 또 가끔은 할머니가 감는 털실을 잡고 있다. 내 손목이 처지면 할머니가 집중하라고 호되게 야단을 친다. 내가 지쳤다고 하면 할머니는 내가 무슨 말을 하는지도 모르고 하는 소리라고 한다. 할머니는 말했다, 정말 지친 게 어떤 건지 내가 보여 주지. 그리고 계속 투덜거렸다. 지쳤다고, 정말 누가 지쳤는지 보여 주지, 네가 한번 제대로 맞아 봐야 지친 게 뭔지 알지.

　내 손목이 밑으로 처지고 집중을 하지 못하는 이유는 메리 조플린 생각을 하고 있기 때문이다. 나는 다른 사람들에게 메리에 대한 이야기를 해선 안 되는 것쯤은 알았다. 그런 압박감 때문에 내 상상 속에서 메리는 얇아지고, 납작해지고, 가늘어지고, 굶주릴 대로 굶주려서 그림자처럼 희미해졌다. 그래서 메리 없이 나 혼자 있을 때는 정말로 메리가 살아 있는 사람인지 확신할 수 없었다. 하지만 다음 날 아침 첫 햇살이 비칠 때 내가 우리 집 문 앞에 서 있으면 메리가 맞은편 집에 기대어 서서 능글맞게 웃으며 원피스 밑을 긁는 모습이 보였다. 메리는 내게 허깨비가 보일 만큼 혀를 쑥 내밀었다.

우리 엄마가 밖을 내다봤다면 엄마도 메리를 봤을 것이다. 어쩌면 아닐 수도 있고.

벌레들이 윙윙거리고 졸음이 쏟아지는 그 여름의 오후에 우리는 숨겨진 목적을 가지고 해서웨이의 집으로 더 가까이 다가갔다. 그때는 그곳을 해서웨이의 집이라고 부르지 않았고, 그 여름 전까지는 그런 집이 있었는지도 몰랐다. 그 집은 우리가 마을 중심에서 점점 더 멀리까지 돌아다니면서 활동 범위를 서서히 확장하던 중 유년기의 어느 순간에 갑자기 나타난 것처럼 보였다. 메리가 나보다 먼저 그 집을 발견했다. 그 집은 옆에 아무것도 없이 외따로 덩그러니 서 있었고, 따로 말할 필요도 없이 딱 봐도 부잣집이란 걸 알 수 있었다. 동그랗고 높은 탑이 있는 석재 건물이 담으로 둘러싸인 정원에 자리했지만 우리가 올라가지 못할 만큼 높은 담도 아니었다. 우리는 담을 넘어가 반대편에 있는 덤불 사이로 살짝 뛰어내렸다. 거기서 우리는 정원 화단의 장미들이 이미 시들어서 줄기 위에 묵직한 갈색 덩어리로 매달린 모습을 봤다. 잔디는 바싹 말라 있었다. 긴 창문들이 햇살에 반짝거렸고, 집 옆으로 다가가자 베란다인지 로지아 *인지 테라스 같은 것이 있었다. 그걸 뭐라고 불러야 할지 몰랐고, 메리에게 물어봤자 소용없었다.

나와 같이 들판을 쏘다닐 때 메리가 명랑하게 말했다.

"우리 아빠가 그랬어. 메리야, 넌 완전 팔푼이야. 너 그거 알아? 우리 아빠가 그랬어. 넌 태어날 때부터 어딘가 고장 나 있었어. 메리 넌 아무것도 모르는 바보야."

해서웨이의 집에 간 첫날, 덤불 깊숙이 숨은 우리는 그 집 부자들이 반짝거리는 창문 겸 문 밖으로 나오길 기다렸다. 우리는 그들이 어떤 행동을 할지 보려고 기다렸다. 메리 조플린이 내게 속삭였다.

---

* 한쪽 또는 그 이상의 면이 트인 방이나 복도. 특히 주택에서 거실의 한쪽 면이 정원으로 연결되도록 트여 있는 형태.

"엄마는 네가 어디 있는지 모르지."

"뭐, 너네 엄마도 모르잖아."

오후가 저물어 가는 동안 메리는 구덩인지 둥지 같은 걸 파고 덤불 밑에 편안하게 자리를 잡고 있었다.

"이렇게 심심할 줄 알았으면 도서관에서 빌린 책을 가져올걸." 내가 말했다.

메리는 풀을 빙빙 돌리면서 가끔 콧노래를 흥얼거렸다.

"우리 아빠가 메리 너 정신 차리지 않으면 감화원에 가야 한다고 그랬어."

"그게 뭔데?"

"거기 가면 매일 냅다 두들겨 맞는 거야."

"네가 무슨 짓을 했는데?"

"아무 짓도 안 했어. 그냥 막 때려."

나는 어깨를 으쓱했다. 아주 그럴싸한 말 같았다.

"주말에 때리는 거야, 아니면 학교 가는 날만 때리는 거야?"

나는 졸렸다. 메리의 답이 궁금하지도 않았다.

"줄을 서 있다가 차례가 되면." 메리가 말했다. 메리는 가지고 있던 작은 막대기를 땅바닥에 대고 쿡쿡 찌르면서 빙빙 돌려

흙 속으로 쑤셔 넣고 있었다.

"네 차례가 되면 키티, 거기 있는 사람들이 커다란 몽둥이를 가지고 죽어라 두들겨 패는 거야. 네 뇌가 찍 소리를 내면서 밖으로 뿜어져 나올 때까지 대가리를 막 후려치는 거지."

우리의 대화는 점점 줄어들었다. 내 쪽에서 관심이 없어졌다. 구부리고 있던 다리도 아프고 쥐가 나기 시작했다. 나는 짜증스럽게 자세를 바꾸면서 턱을 들어 그 집을 가리켰다. "얼마나 더 기다려야 해?"

메리는 콧노래를 흥얼거리며 막대기로 땅을 팠다.

"다리 모아, 메리. 그렇게 쩍 벌리고 앉는 건 무례한 거야." 내가 말했다.

"내 말 잘 들어. 난 너 같은 아이가 아직 이불 속에 있을 때 여기 와 봤어. 저 집에 뭐가 있는지 봤단 말이야." 메리가 말했다.

나는 잠이 다 깨 버렸다. "저기에 뭐가 있는데?"

"넌 이름도 알 수 없는 게 있어." 메리 조플린이 말했다.

"어떤 종류인데?"

"담요에 돌돌 싸여 있어."

"동물이야?"

메리는 비웃었다. "동물이라니. 동물이라. 어떤 동물을 담요에 싸는데?"

"개를 담요에 싸 놓을 수도 있잖아. 만약 그 개가 병이 들었다면 말이야."

나는 그게 진실이라고 느꼈다. 그렇게 주장하고 싶었다. 벌겋게 얼굴에 열이 올랐다. "그건 개가 아니야. 아니지, 아니고말고. 아니야." 메리의 목소리가 죽죽 늘어지면서 쉽게 비밀을 털어놓으려 하지 않았다. "왜냐하면 그건 팔이 있거든."

"그럼 인간이네."

"하지만 인간처럼 생기지 않았어."

나는 절망했다. "그럼 어떻게 생겼는데?"

메리는 생각했다. 그러다 천천히 말했다. "콤마* 처럼 생겼어. 왜 있잖아. 책에 나오는 그거."

그 후에 메리는 더 이상 그 이야기는 하지 않으려 했다.

"넌 그냥 기다려야 할 거야. 그걸 보고 싶으면, 정말 보고 싶으면 기다려야 해. 정말 보고 싶으면 도망치면 안 돼. 안 그러면

● 쉼표.

그걸 놓치게 될 거야. 나 혼자 그걸 실컷 보는 거지."

잠시 후에 내가 말했다. "난 여기서 밤새 콤마를 기다릴 순 없어. 이미 밥때도 놓쳤단 말이야."

"그래 봤자 아무도 신경 안 쓸 거야." 메리가 말했다.

메리의 말이 맞았다. 집에 살금살금 기어 들어갔는데 아무도 나를 야단치지 않았다. 그때는 7월 말 여름이었고 어른들도 의욕을 잃었다. 나를 보는 엄마의 눈이 흐려지는 것이 마치 나라는 일이 하나 더 늘어난 것 같은 표정이었다. 몸에 블랙베리 주스를 쏟아서 여기저기 끈적거렸다. 발에는 꼬질꼬질하게 때가 꼈고, 얼굴은 덤불과 긴 풀 속에 있느라 얼룩이 졌다. 아이가 그린 해 같이 생긴 태양이 매일 하늘을 하얗게 불태웠다. 빨래가 백기를 든 것처럼 빨랫줄에 늘어졌다. 해는 끝없이 길어지다가 이슬이 맺히고 해가 질 녘에야 비로소 어두워졌다. 마침내 어른들이 들어오라고 불러서 전깃불 밑에 앉으면 낮에 햇볕에 탄 피부 껍질을 잡아 뜯어 돌돌 벗겼다. 팔다리 깊숙이 무지근하게 구워지는 느낌이었지만 벗길 때는 야채 껍질 같고 아무 느낌이 없었다. 졸리면 잠자리에 들었지만 이부자리에 남은 열기가 피부를 파고들면 다시 잠에서 깼다. 그렇게 잠이 깬 채 빌레 몰린 자리를 손톱으로 꾹 눌러서 빙글빙글 문질렀다. 담을 타고 올라갈 적당한 때를 기다리느라 긴 풀 속에 쭈그리고 있을 때 뭔가에 물렸다. 덤불 속에서 해서웨이 저택을 주시하며 기다리는 동안 또 다른 뭔가에 물렸다. 그 짧은 여름밤, 흥분한 내 심장이 쿵쿵 뛰었다. 그러다 첫 해가 뜨고 주위가 서늘해지면서 공기는 물처럼 투명해졌다.

투명한 아침 햇살을 받으며 나는 어슬렁어슬렁 부엌에 들어가 아무렇지 않게 말했다.

"저기 묘지 지나서 위쪽에 집이 있는 거 알아요? 거기 돈 많은 사람들이 사는 집? 거기에 온실이 있었어."

그때 부엌에 우리 이모도 있었다. 이모는 콘플레이크를 그릇에 붓다가 갑자기 고개를 드는 바람에 실수로 콘플레이크를 조금 흘렸다. 이모가 엄마를 홀끗 봤고, 눈 깜빡하는 동안 둘 사이에 모종의 비밀이 스쳐 지나갔다.

"쟤 말은 해서웨이네 말이군. 거기 이야긴 하지 마." 엄마가 말했다. 달래는 투였다. "계집애들이 떠들어 대지 않아도 그 집은 이미 충분히 안좋아."

"뭐가 안 좋다는……." 내가 물어보려고 했을 때 엄마가 마치 가스버너에 화르르 타오르는 불처럼 왈칵 화를 냈다. "너 거길 갔었던 거야? 거기에 메리 조플린과 같이 가진 않았길 바란다. 네가 메리 조플린이랑 같이 노는 꼴을 보면 널 산 채로 껍질을 다 벗겨 놓고 말 거야. 엄마 말 똑똑히 잘 들어. 엄마는 한다면 하는 사람이야."

"난 메리랑 거기에 간 거 아니야." 나는 재빨리 술술 거짓말을 했다.

"메리는 병이 들었어."

"무슨 병?"

나는 머릿속에 떠오르는 대로 아무렇게나 말했다.

"버짐이 피었어."

이모가 콧방귀를 뀌며 웃었다.

"옴. 이. 서캐. 벼룩." 거짓말을 할 때 달콤한 쾌락이 느껴졌다.

"그중 어느 것도 전혀 놀랍지 않아. 쉴라 조플린이 그 지저분한 애새끼를 하루라도 집에 데리고 있으면 놀라겠지만. 정말이지, 그 인간들은 짐승처럼 산다니까. 그 집엔 침구도 없어, 그거 아니?" 이모가 말했다.

"적어도 동물들은 집을 나가기라노 하지. 조플린네 식구들은 절대 밖으로 나서는 법이 없잖아. 그 화상들은 돼지처럼 한데 모여 살면서 서로 치고 박고 싸우지." 엄마가 말했다.

"돼지들이 싸워?" 내가 말했다. 하지만 엄마와 이모는 내 말을 무시해 버렸다. 그들은 내가 태어나기 전에 일어났던 유명한 사건을 또 이야기했다. 한 여자가 조플린 아줌마를 불쌍히 여겨서 스튜를 끓여 왔는데 아줌마가 공손하게 사양하는 대신 그 냄비에 대고 침을 뱉었다는 것이다.

흥분해서 얼굴이 붉게 달아오른 이모가 스튜를 가져온 여자의 고통을 재연했다. 그 이야기는 이모가 한 번도 한 적이 없었던 것처럼 새로웠다. 엄마가 맞장구를 치면서 점점 낮아지는 어조로 가락을 붙여 말했다.

"그래서 그 여편네가 그 불쌍한 여자가 만든 스튜를 망쳐 버리고 다른 불쌍한 사람들까지 못 먹게 만들어 놨잖아."

아멘. 이렇게 이야기가 끝났을 때 나는 슬쩍 집을 나왔다. 마치 스위치를 켜자 나타난 것처럼 메리가 보도 위에 서서, 하늘을 훑어보며 나를 기다리고 있었다.

"아침 먹었어?" 메리가 물었다.

"아니."

메리에게 아침 먹었냐고 물어봐야 소용없는 짓이다. "나 토피 사탕 사 먹을 돈 있는데." 내가 말했다.

쉴라 조플린과 스튜에 대한 이야기가 그렇게 끈질기게 이어지지만 않았어도 오랜 시간이 흐른 후 메리 꿈을 꿨을 것 같다. 하지만 우리 마을 사람들은 아직까지도 그 이야기를 하며 웃는다. 이제 그 이야기에 도사리고 있던 혐오감은 사라졌다. 시간이 우리에게 얼마나 좋은 일을 해 주는지. 마치 마법의 가루처럼 자비를 흩뿌린다.

나는 그날 아침, 서둘러 떠나기 직전에 다시 부엌문을 향해 돌아섰다.

"메리에겐 구더기가 있어. 구더기가 버글버글해." 내가 말했다.

이모가 큰 소리로 웃음을 터트렸다.

8월이 됐다. 하수구를 덮은 철망 사이로 무성하게 올라왔던 잡초들이 다 말라 죽고, 도로의 타르가 절절 끓고, 구멍가게 창문에 파리들이 달라붙어 두툼해진 매끈하고 노란 끈끈이가 축 늘어져 있던 게 기억난다. 매일 오후에 멀리서 천둥이 쳤고, 엄마는 더위가 금방이라도 날아가 버릴 철새라도 되는 것처럼 "내일은 비가 내릴 거야."라고 했다. 하지만 그런 일은 일어나지 않았다. 더위 먹은 비둘기들이 길 위를 허둥지둥 걸어 다녔다. 엄마와 이모는 "차를 마시면 시원해진다."라고 주장했는데 그 건 분명 사실이 아니었다. 그렇지만 엄마와 이모는 그 가망 없는 믿음을 품고 차를 무지막지하게 마셔 댔다. "이게 내 유일한 낙이야." 엄마가 말했다. 엄마와 이모는 하얀 다리를 내놓고 덱 체어*에 널브러져 앉았다. 그리고 남자처럼 주먹으로 담배를 그러쥐고 피워 손가락 사이로 연기가 새어 나왔다. 내가 집을 나가건 들어오건 사람들은 눈치채지 못했다. 밥도 필요 없었다. 가게에서 아이스캔디를 사 먹었다. 냉동고 모터에서 윙 소리가 났다.

메리 조플린과 어딜 그렇게 싸돌아 다녔는지 기억이 안 나지만 오후 5시가 되면 항상 해서웨이 저택 근처에서 그 방황이 끝났다. 담을 넘어가기 전에 차가운 돌담에 이마를 대고 있던

---

* 두껍게 짠 직물로 간편하게 접고 펼 수 있게 만든 의자.

서늘한 느낌이 기억난다. 털어 내고 털어 내도 샌들 속으로 다시 들어오던 가는 모래가 얼마나 거슬렸는지도 기억난다. 우리가 꾹 참고 기다리던 관목 숲 나뭇잎들의 가죽 같은 느낌이 기억난다. 마치 긴 장갑을 낀 손가락 같은 그 나뭇가지들이 얼마나 부드럽게 내 얼굴을 쓰다듬었는지. 메리의 단조로운 목소리가 내 귓전에서 아른거렸다. 그래서 우리 아빠가 그랬는데, 그래서 우리 엄마가 그랬는데…… 메리는 땅거미가 지면, 황혼 무렵이면 콤마가, 자기가 인간이라고 맹세한 그 콤마가 모습을 드러낼 거라고 약속했다. 그해 여름에는 책을 읽으려고 할 때마다 인쇄된 글자들이 희미해지면서 들판에 마음을 뺏겨 버렸다. 메리의 모습이, 씩 웃는 메리의 입술이, 더러운 얼굴이, 메리가 갑자기 블라우스를 가슴 위로 휙 올려서 얼룩진 갈비뼈들을 보여 줬던 장면이 떠올랐다. 메리는 겹겹이 드리운 그늘 안에서 드러내선 안 될 곳을 드러낸 듯 보이다가도 마치 내가 팔꿈치로 살짝 건드리려고 한 것처럼 움찔하며 내가 만지지 못하게 갑자기 블라우스를 잡아 끌어내렸다. 메리는 우리에게 일어날 수 있는 운명, 그러니까 두들겨 맞고, 몸이 뒤틀리고, 가죽이 벗겨지는 운명들을 지루하게 곱씹었다. 나는 메리가 보여 주겠다고 한 그것만 생각했다. 그리고 미리 변명할 거리를 준비했다. 내가 들판을 돌아다니는 모습을 어른들에게 들킬 경우에 대비한 변명 말이다. 나는 구두점을 찍으러 다녔다고 말할 것이다. 콤마를 찾아 구두점을 찍으러 다녔다고, 메리 조플린과 같이 다닌 게 아니라 그냥 나혼자서.

그러니까 그때 나는 늦게까지 관목 숲에 숨어 있었던 게 분명했다. 메리가 이야기하고 있을 때 졸려서 고개를 꾸벅꾸벅 끄덕였으니까. 메리가 팔꿈치로 나를 쿡 찔렀다. 나는 입속이 바짝 마른 채 허겁지겁 잠에서 깼다. 메리가 손바닥으로 내 입을 철썩 막지 않았다면 소리를 질렀을지도 모른다. "봐 봐." 태양이 기울었고, 공기는 포근했다. 긴 창문 너머로 집 안 램프하나가 켜졌다. 우리는 창문이 열리는 모습을 지켜봤다. 두 쪽 창문의 한쪽이 열렸고, 잠시 멈추었다가 나머지 한쪽이 마저 열렸다. 뭔가가 그 문을 살살 밀면서 밖으로 나와 우리의 시야에 들어왔다. 바퀴가 달린 긴 의자였고, 한 여자가 그걸 밀고 있었다. 의자는 돌 바닥 위로 수월하고 가볍게 굴러갔는데 이때 내 시선을 끈 건 바로 그 부인이었다. 의자 위에 뭔가를 덮은 어두운 형체가 보였지만, 그녀가 입은 빳빳한 꽃무늬 드레스와 웨이브가 탱글탱글하게 진 파마머리에 먼저 시선이 갔다. 그녀에게서 풍기는 향기를 맡을 만큼 가깝진 않았지만 나는 그녀가 오 드 콜로뉴를 뿌렸을 거라고 상상했다. 집에서 나오는 불빛이 그녀와 같이 춤을 추면서 둥실둥실 테라스를 향해 흘렀다. 그녀의 입이 움직였다. 그녀는 자신이 미는 힘없는 꾸러미를 향해 이야기하면서 미소를 짓고 있었다. 그녀는 자신만 아는 무슨 표지에 따르는 것처럼 아주 조심스럽게 의자를 세우고 자리를 잡았다. 그리고 주위를 둘러보더니 고개를 들어 그윽하게 저물어 가는 햇살을 보다가 다시 허리를 숙여 능숙한 솜씨로 그 머리 위에 침대보나 숄 같은 걸 한 겹 더 덮어 줬다. 이 더운 날씨에 또?

"저 여자가 저걸 어떻게 감싸는지 봐." 메리가 내게 소리 없이 입모양으로만 말했다.

나는 봤다. 메리의 얼굴에 떠오른 탐욕스러우면서도 동시에 넋을 잃은 것 같은 표정도 봤다. 부인은 담요 뭉치를 마지막으로 한 번 더 다독이더니 돌아섰다. 그녀는 하이힐로 또각또각 소리를 내며 프렌치 윈도우*로 걸어가 램프 불빛으로 환한 집 안으로 사라졌다.

"한번 봐 봐. 점프해 보라고." 나는 메리를 재촉했다. 메리는 나보다 키가 컸다. 메리는 한 번, 두 번, 세 번 펄쩍 뛰었다가 매번 쿵 소리를 내면서, 또 조금 툴툴거리면서, 땅바닥으로 떨어졌다. 우리는 집 안에 뭐가 있는지 알고 싶었다. 메리는 이윽고 비틀거리면서 허물어지듯 땅바닥에 주저앉았다. 우리는 그냥 지금 상황에 만족하기로 하고 밖으로 나온 담요 더미를 찬찬히 뜯어봤다. 담요 밑에 있는 형체가 잔물결을 일으키는 것 같았다. 숄을 두른 그것의 머리는 거대한 게 마치 목걸이 줄에 달린 펜던트 같아 보였다. 그건 콤마처럼 생겼다. 메리의 말이 맞았다. 몸은 구불구불했고, 거대한 머리는 나른하게 의자에 축 늘어져 있었다.

"시끄럽게 소리를 질러 봐, 메리." 내가 말했다.

"난 안 해." 메리가 말했다.

그래서 그나마 멀리 떨어진 덤불에 있는 내가 개처럼 짖었다. 펜던트 같은 머리가 돌아가는 움직임을 봤지만 얼굴은 볼 수 없었다. 다음 순간 테라스에 드리운 그림자들이 흔들리더

● 정원이나 발코니에 출입할 수 있는 좌우로 여는 격자식 유리문.

니, 양치식물이 담긴 커다란 도자기 화분들 사이에 서 있던, 꽃무늬 드레스를 입은 여자가 나왔다. 손차양을 만들어 우리가 있는 쪽을 살피듯 쳐다봤지만 우리를 보지는 못했다. 그녀는 길쭉한 고치처럼 담요로 돌돌 싸맨 덩어리 위에 몸을 낮게 숙이고 무언가 말했다. 그리고 마치 스러져 가는 태양의 각도를 가늠하려는 것처럼 힐끗 위를 봤다. 그녀는 의자 손잡이에 두 손을 얹고 뒤로 물러서서 세심하게 의자를 조종해 앞뒤로 움직이고 각도를 맞춰 콤마의 얼굴이 태양의 마지막 온기를 느낄 수 있도록 했다. 그리고 다시 고개를 숙이고 속삭이더니 숄을 걸었다.

우리는 봤다. 그것은 아무것도 아니었다. 뭔가 보긴 봤지만 아직 뭔가가 되지 못한 상태였다. 나중에 생각해 보니 우리가 본 건 얼굴이 아니라 어떻게든 얼굴이 되려고 하는 형상, 아마도 신이 우리를 만들려고 했을 때 막연히 상상하던 그런 형태 같았다. 우리가 본 공 같은 그것은 이목구비가 없었고, 어떤 의미도 없었고, 그냥 얼굴 뼈 위로 살이 주르륵 흘러내린 것 같았다. 나는 내 입을 손으로 막고 무릎을 꿇어 몸을 움츠렸다. "조용히 해." 메리가 주먹으로 나를 때렸다. 아팠다. 순간적으로 치미는 고통에 반사적으로 눈물이 차올랐다.

하지만 눈가에 고인 눈물을 문질러 닦고 난 후 호기심이 내 마음에 낚싯바늘처럼 단단히 걸려 나는 일어섰고, 콤마가 테라스에 혼자 있는 모습을 봤다. 부인은 다시 집으로 들어갔다. 내가 메리에게 속삭였다.

"저게 말을 할 수 있을까?" 나는 이제 알았다, 완전히 이해했다. 엄마가 그 부잣집은 그것만으로도 충분히 안 좋다고 한 게 어떤 말이었는지. 저런 괴물을 품고 있다니! 저런 콤마에게 친절하게 대하고, 담요로 감싸 주고……. 메리가 말했다.

"돌을 던져 볼까. 그럼 저게 말을 할 수 있는지 없는지 알게 되겠지."

메리는 주머니에 손을 넣었다가 다시 뺐다. 그녀는 크고 반질반질한 조약돌을 쥐고 있었다. 마치 물가에서, 바닷가에서 막 가져온 돌 같았다. 여기서 이런 돌을 찾은 적은 없으니까 분명히 미리 준비했을 것이다. 내가 메리의 손목을 잡고 "메리……." 하며 막았다면 좋았겠지만 사실 나는 그러지 않았을 것이다. 메리는 숨어 있던 곳에서 일어나 팔을 홱 치켜들고 조약돌을 던졌다. 메리의 겨냥은 거의 완벽했다. 우리는 조약돌이 의자 테두리를 탁 치는 소리를 들었고, 곧바로 낮은 비명 소리가, 인간이 아닌 다른 생명체 같은 소리를 들었다.

"와우, 내가 맞혔어." 메리가 말했다. 잠시 메리는 상기된 얼굴로 허리를 꼿꼿이 펴고 서 있었다. 그러고는 곤두박질하듯 머리를 획 숙이고 바스락거리며 내 옆으로 왔다. 고요하던 테라스의 저녁 풍경에 금이 가고 이내 산산조각이 났다. 부인이 빠른 걸음으로 나와 집 앞 정원에 비친 높다란 아치형 그림자와 문과 격자 울타리의 그림자, 시든 장미 정자를 지났다. 그녀의 드레스에 달려 있던 짙은 꽃잎들이 바람에 날려 어두운 밤 속으로 흩어졌다. 그녀는 휠체어를 향해 달려왔고, 잠시 멈춰 섰다. 그녀의 손은 콤마의 머리 위에서 가볍게 떨렸다. 그러더니 집을 향해 고개를 돌리고 귀에 거슬리는 목소리로 소리를 질렀다. "손전등 가져와!" 나는 비둘기가 구구구 하듯이 달콤하게 속삭일 줄 알았던 그녀의 목소리가 너무 거칠어서 충격을 받았다. 그녀는 다시 콤마에게 몸을 돌렸고, 도망치기 전에 내가 마지막으로 본 것은 그녀가 콤마에게 깊숙이 허리를 숙이고 그 슬픈 머리 위에 아주 다정하게 숄을 둘러 주는 모습이었다.

9월에 메리는 학교에 나오지 않았다. 나는 메리와 같은 반이 될 거라고 예상하고 있었다. 나는 한 학년 올라갔고, 메리는 열 살이지만 절대 진급하지 못할 거라는 사실이 널리 알려져 있었으니까. 나는 집에서 메리에 대해 물어보지 않았다. 이제 태양도 슬슬 겨울을 맞을 채비를 했고, 이런 상황에서 가죽이 벗겨지면 더욱 아플 거라는 걸 알았고, 엄마는 전에 말했듯이 자기가 한 말은 반드시 지키는 사람이었으니까. 나는 생각했다, 만약 가죽이 벗겨진다면 적어도 식구들이 나를 돌봐 주겠지. 사람들이 나를 담요에 싸서 테라스에서 달래 주고, 다정하게 속삭여 주고, 햇빛이 비치는 쪽으로 내 방향을 바꿔 주겠지. 나는 메리의 얼굴에 어려 있던 탐욕이 기억났다. 메리의 마음이 조금은 이해가 됐다, 조금은. 내가 여덟 살이고 메리 조플린이 열 살이었을 때 무슨 일이 일어났는지 이해하려고 애쓰는 건 그저 시간낭비일 뿐이다.

그해 가을에 나보다 나이가 많은 여자아이 하나가 말했다.

"메리는 다른 학교에 갔어."

"감화원?"

"뭐라고?

"감화원에 간 거냐고."

"아니, 천치 학교에 갔어." 그 여자아이는 혀를 쑥 내밀고 천천히 흔들었다. "무슨 말인지 알아?"

"거기선 애들을 매일 때려?"

그 여자아이가 씩 웃었다. "그 정도로 아이들에게 신경을 쓴다면 그렇겠지. 아마 거기서 메리의 머리를 싹 밀어 버렸을 거야. 걔는 머리에 이가 우글우글했잖아."

나는 내 머리에 손을 대 보았다가 머리숱이 별로 없는 느낌이 들어 등골이 오싹해졌다. 순간 내 귓가에 양모가 스치는 듯한 속삭임이 들렸다. 새끼 양의 털로 짠 부드러운 숄이 내 머리를 감싸는 소리. 잊어야지.

———————

그 후로 이십오 년은 흘렀을 것이다. 어쩌면 삼십 년이 지났을 수도 있다. 나는 그다지 고향을 자주 찾지 않았다. 당신이라면 가겠는가? 거리에서 그녀를 봤다. 그녀는 유모차를 밀고 있었는데, 그 안에 아기는 없었지만 더러운 옷들이 삐져나온 커다란 가방이 하나 있었다. 역겨운 냄새가 나는 아기용 셔츠 한 장과 운동복 소맷부리같이 추레한 옷자락이 보였고, 더러운 시트 자락도 보였다. 나는 곧바로 생각했다. 와, 저거야말로 빨래방 주인이 기뻐할 만한 풍경이군! 엄마에게 말해 줘야지. 그럼 엄마는 세상에 놀랄 일이 끊이질 않는구나 하고 대꾸하겠지.

하지만 나는 참을 수 없었다. 나는 그녀의 뒤를 바짝 쫓아가서 말했다. "메리 조플린?"

그녀는 유모차를 보호하려는 것처럼 그걸 바짝 끌어당기고서 돌아봤다. 경계에 찬 눈빛으로 고개만 살짝 돌렸다. 중년의 초입에 들어선 그녀의 얼굴이 왁스처럼 흐릿했다. 마치 여기저기 좀 집어서 세우고 비틀어 모양을 잡아 줘야 할 형상 같았다. 그 얼굴을 보자 이제 그녀를 알아보려면 예전의 그녀를 잘 알아야겠구나, 그녀와 같이 오랜 시간을 보내고, 옆모습도 잘 알아야 가능하겠구나 하는 생각이 들었다. 메리의 피부는 탄력이라고는 볼 수 없이 축 늘어졌고, 눈에도 별다른 표정이 없었다. 나는 잠시 멈칫하면서 너 키티니? 하고 묻는 눈빛을 기대했다. 메리는 유모차 위로 허리를 숙여 마치 안심이라도 시키려는 것처럼 자신의 빨랫감을 토닥였다. 그리고 나를 향해 아주 희미

하게 아는 척을 했다. 고개를 딱 한 번 끄덕였고, 그걸로 마침표
를 찍었다.

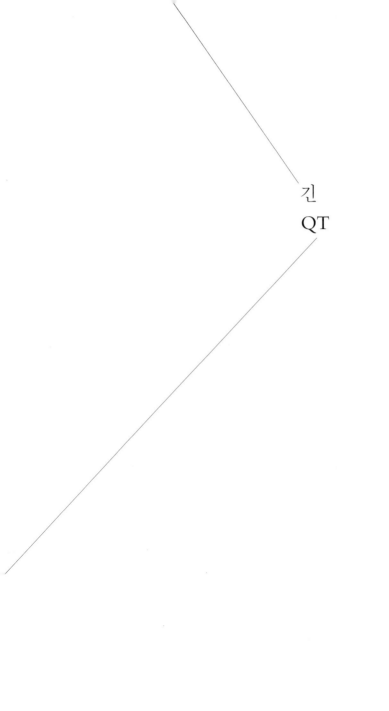

긴
QT

바비큐를 할 수 있는 계절의 *끄트머리*, 어느 포근한 가을날 결혼 생활이 단호하게 막을 내렸을 때 그는 마흔다섯 살이었다. 그날 일어난 어떤 일도 그가 계획하거나 의도한 건 아니었다. 하지만 나중에 생각해 보면 그 재앙이 발생할 모든 요소가 이미 다 갖춰져 있었다. 무엇보다 로레인이 있었다. 로레인은 동굴같이 거대한 미국산 냉장고 옆에 서서 매니큐어를 칠한 손톱 끝으로 반질반질하게 닦은 금속 냉장고 문을 건드리고 있었다.

"여기 한 번이라도 들어가 본 적 있어? 정말 더운 날에 말이야." 그녀가 말했다.

"그러다 위험할지도 몰라. 문이 홱 닫혀서 안 열릴 수 있다고." 그가 대꾸했다.

"조디가 당신이 없는 걸 알아채고 꺼내 줄 거야."

"조디는 그러지 않을 거야." 그는 그 말을 입 밖으로 내뱉고 나서야 자신이 무슨 말을 했는지 깨달았다. "어쨌든 날씨가 그렇게까지 덥지도 않고."

"안 그럴 거라고? 애석하군." 그녀는 허리를 쭉 세워 그의 입에 키스했다.

로레인은 아직 와인 잔을 손에 들고 있었다. 그는 차갑고 축축한 와인이 뒷목을 타고 천천히 등뼈를 타고 흘러내리는 걸 느꼈다. 그는 고마운 마음을 듬뿍 담아 두 손으로 그녀의 엉덩이를 안고 위로 들어 올렸다. 로레인은 중얼거리면서 한 손을 뻗어 와인 잔을 내려놓고 입을 벌린 채 그에게 모든 정신을 집중했다.

그는 로레인이 언제든 그에게 응하리라는 걸 알았다. 다만 그전에는 어느 따뜻한 오후에 비뉴 베르드 와인을 세 잔이나 마시고 살짝 불그레한 얼굴로 혼자 있는 그녀를 발견한 적이 없었을 뿐이다. 로레인이 혼자인 적이 없었던 이유는 항상 다른 여자들과 같이 어울려 다니는 타입이기 때문이다. 로레인은 통통한 몸매에, 친절하고, 대중적이고, 사람들이 쉽게 좋아할 만한 사람이다. 로레인은 "사람들이 키시*처럼 맛있는 걸 다 먹어 치운 후에 나보고 자기 집에 놀러 오라고 하는 건 참 슬픈 일이야." 같은 우스꽝스러운 말을 하는 사람이다. 그녀에게선 부엌의 향기가, 자두와 바닐라와 초콜릿 같은 맛있는 냄새가 났다.

그가 손의 힘을 풀고 그녀를 놔줬을 때 로레인의 아주 작은 하이힐이 딸깍 소리를 내며 다시 바닥을 치는 소리가 들렸다. "당신은 정말 아주 작은 인형 같아." 그가 말했다. 그는 허리를 쭉 펴고 일어섰다. 그는 그녀를 내려다보는 자신의 표정을 마음속에 그려 볼 수 있었다. 약간은 놀란 것 같기도 하고, 다정하면서, 재미있어하는 표정. 자신에게도 낯선 얼굴이었다. 로레인은 아직 눈을 감고 있었다. 그가 다시 키스하기를 기다리고 있었다. 이번에 그는 그녀를 좀 더 우아하게 안았다. 두 손을 그녀의 허리에 댔고, 로레인은 발꿈치를 들고 서서 그와 혀를 섞었다. 천천히 여유를 가지고 하자, 그는 생각했다. 서두르지 마. 그때 그의 손이 마치 자기만의 의지가 있는 것처럼 노골적으로 그녀의 등 위를 구불구불 올라가더니 그녀의 브래지어 끈을 더듬었다. 하지

●　　달걀, 우유, 야채, 치즈 등을 섞어 만든 파이의 일종.

만 그녀가 움찔하며 지금 여기선 안 된다는 뜻을 전했다. 그럼 어디서? 둘이 손님들을 헤치고 함께 2층으로 올라갈 수도 없는 노릇이었다.

조디는 분명 달그락 소리를 내면서 온 집 안을 돌아다니고 있을 것이었다. 그는 (나중에 인정했지만) 그녀가 언제 어느 때고 부엌에 불쑥 들어올 수 있다는 사실을 알고 있었다. 조디는 집의 문이란 문은 다 열어 놓고 손님들이 집과 정원을 오락가락하는 파티를 좋아하지 않았다. 집에 느닷없이 낯선 사람들이 들어올지 모르고, 말벌도 들어올 수 있었다. 그런 파티에서는 불붙인 담배를 들고 문지방에 서서 별 중요하지도 않은 수다를 떨면서 슬쩍 들어오기가 너무 쉬웠다. 그 자리에 선 채로 도둑을 맞을 수도 있었다. 조디는 여기저기 흩어진 잔들을 하나씩 집어 들면서 손님들 사이를 돌아다니고 있을 것이다. 웃으면서 서로 휴대 전화를 건네는 사람들, 제발 좀 긴장을 풀고 이 저녁을 즐기려고 온 사람들 사이를 말이다. 손님들은 조디가 시키는 대로 어쩔 수 없이 잔에 남은 음료를 비우고 그녀에게 잔을 건넬 것이다. 그렇게 하지 않으면 조디는 이렇게 말하겠지. "실례합니다, 그거 다 마셨나요?" 사람들은 때때로 조디를 돕기 위해 잔들을 모아서 건네주기도 한다. "여기 있어요, 조디." 그들은 그녀에게 너그럽게 미소를 지어 보인다. 조디의 잔 치우는 취미를 알기 때문이다. 곧 그녀가 모든 사람에게 등을 돌린 채 자기만의 세계로 가서 식기세척기에 잔을 넣는 모습을 보게 될 것이다. 다들 그녀가 파티가 시작된 지 한 시간도 안 되었을 무렵에 세척기를 한차례 돌린다는 건 알고 있었다. 그녀는 황혼이 깃든 후 아내들은 술에 취해 넋두리를 하고 남편들은 자기 자랑을 하면서 호전적이 될 때, 또 사립 학교 교습법과 나무뿌리와 주차증에 대해 입씨름이 시작될 때면 주위에 술잔이 적을수록 더 낫다고 했다. 그는 이렇게 대꾸했다. 마누라, 당신은 우아한 대저택에서 열린 파티에 가난뱅이 주정뱅이들이 와서 추접한 싸움이라도 벌이고 있는 것처럼 구는군. 제발, 그 빌어먹을 말벌 살충제 스프레이는 좀 내려놔.

그는 로레인과 키스하는 동안 이런 생각을 하고 있었다. 로레인은 그에게 코를 비벼 대더니 그의 셔츠 단추를 끄르고 그의 따뜻한 가슴을 손으로 쓸어내리다 움직임을 멈췄다. 만약 조디가 들어오면 그녀에게 소란 피우지 말고, 조용히 심호흡을 한 번하고, 좀 더 프랑스인답게 행동하라고 부탁할 작정이었다. 손님들이 집에 다 가면 그때 단순하고 이해하기 쉽게 설명하겠노라고. 즉 이제 그녀가 그를 좀 편하게 풀어 줄 때가 됐다고. 그는 지금 인생의 절정에 있으니 보상을 좀 누려야 하지 않겠냐고. 그는 혼자 벌어서 아내가 이 수제 주방이란 여유를 누릴 수 있게 해 줬다. 그는 그녀가 예상할 수 있는 그 어떤 액수보다 더 막내한 돈을 번다. 그의 기민한 능력 덕분에 부부는 불황이란 걸 거의 모르고 산다. 이 동네에서 이렇게 말할 수 있는 사람이 누가 있어? 그리고 무엇보다 그는 아내를 공정하게 대할 준비가 돼 있었다. "나만 일방적으로 이러겠다는 건 아니야." 그는 조디에게 이렇게 말할 것이다. 그처럼 그녀 역시 자유롭게 행동할 수 있다. 그녀 역시 자신만의 모험을 원할지도 모른다. 그녀에게 그런 모험의 기회가 나타난다면 말이다.

그는 고개를 숙여 로레인의 귀에 대고 속삭였다. "우리 언제 할까?"

로레인이 말했다. "다음 주 화요일 어때?"

그때 그의 아내가 부엌에 왔고 문가에 멈춰 섰다. 그녀의 맨팔이 나무줄기처럼 축 늘어졌다. 잔들은 그녀의 손가락 끝에 마치 줄기에 달린 과일처럼 걸려 있었다. 로레인은 그의 가슴에 대고 뜨거운 숨을 쉬고 있었지만 그가 긴장한 걸 그녀도 느낀 게 분명했다. 그녀는 "맙소사, 조디구나. 어서 냉장고 안으로 들어가." 하고 숭얼거리며 그에게서 몸을 빼려고 했다. 그는 그녀와 떨어지고 싶지 않았다. 그는 로레인의 팔꿈치를 잡은 채 잠시 그대로 서서 로레인의 솜털 같은 머리 위로 아내를 노려봤다.

조디가 부엌 안으로 한두 발짝 들어왔지만 다시 멈춰 섰다. 그들을 보고 그대로 얼어붙은 것 같았다. 그녀의 손가락 사이사이에 매달린 잔들이 가볍게 떨리면서 아주 작은 종소리가 났다. 조디는 아무 말도 하지 않았다. 그녀의 입은 말을 할 것처럼 움직였지만 끽 하는 소리만 겨우 새어 나왔다.

마침내 그녀의 두 손이 모든 것을 놓아 버렸다. 라임스톤이 깔린 부엌 바닥에 잔들이 부딪쳤다. 잔들이 추락하고, 로레인이 비명을 지르고, 조디의 발치에서 빛이 여러 조각으로 쪼개졌다. 이것들이 조디를 놀라게 만들어 그녀를 반응하게 만든 것 같았다. 그녀는 작게 끙 앓는 소리를 내다 숨을 헐떡이더니, 이제 빈손이 된 오른손을 점판암 조리대 위에 얹었다. 그리고 바닥에 무릎을 꿇었다. "조심해!" 그가 소리쳤다. 조디는 깨진 유리 조각들이 부드러운 공단인 것처럼, 눈인 것처럼 그 위에 무릎을 꿇었다. 그녀 주위의 라임스톤 바닥이 빙원처럼 희미하게 빛났다. 바닥 타일 하나하나가 속을 빵빵하게 채운 베개 같았고, 타일 하나하나에서 숨결처럼 희미한 그림자 무늬가 일렁였다. 조디는 코웃음을 쳤다 마치 이마로 거울을 박살내 뇌진탕을 일으킨 것처럼 멍해 보였다. 왼손을 앞으로 뻗다가 유리에 베였다. 피가 솟구치더니 그녀의 손금을 타고 여러 갈래로 흘렀다. 그녀는 그 피를 무심하게 흘낏 보더니 구역질하는 소리를 냈다. 그녀는 다리를 가지런히 모은 채 무릎을 꿇고 있다가 입을 벌린 채 옆으로 쓰러졌다.

그는 마치 얼음 위를 걷듯이 저벅저벅 소리를 내며 유리를 밟아 그녀에게 다가갔다. 그는 지금이 그녀의 뺨을 찰싹 칠 기회라고, 그녀가 그를 겁주기 위해 연기를 하는 거라고 생각했지만, 그녀의 팔을 잡아당겼을 때 그녀의 몸은 힘없이 무겁게 축 늘어졌다. 그가 제기랄, 조디 하고 외쳐도 그녀는 움찔하지 않았다. 난폭하게 그녀의 머리를 홱 쳐들어 얼굴을 들여다봤지만 그녀의 눈은 이미 흐릿했다.

그러니까 나중에 그날 밤 사건을 머릿속으로 재현했을 때 그랬던 것처럼 보였다. 그는 구급차에 탄 대원들의 어깨에 대고 울면서 말하고 싶었다. 그는 그저 호기심과 가벼운 욕정과 일종의 유치한 반항심에 이끌렸을 뿐이라고. 그때 모든 정황이 나더러 바람을 피우라고 대놓고 부추기는 식이었다고, 내 말을 알겠느냐고. 그는 말했다, 난 아내에게 프랑스인답게 굴라고 말할 생각이었어요. 아마 아내는 그렇게 행동하지 못했겠지만 아내가 쓰러질 줄은 결코 몰랐어요. 내 말은, 당신이라면 어떻게 알았겠어요? 당신이라면 어떻게 그런 상황을 상상할 수 있겠어요? 그리고 그렇게 유리 위에 무릎을 꿇다니.

아내가 죽은 날과 그다음 날 그는 계속 횡설수설했다. 하지만 아무도 그의 정신 상태에 관심을 두지 않았다. 그가 좀 더 노골적인 방식으로 아내를 살해해서 감옥에 갇혔다면 좀 더 관심을 두었을지도 모르지만. 의사는 그가 받아들일 준비가 됐다고 생각했을 때 그에게 이렇게 설명했다. 이건 긴 QT 증후군입니다. 심장의 전기적 활성 질환으로 부정맥을 일으킬 수 있으며, 이 경우 심장마비를 유발합니다. 필시 선천성일 겁니다. 일반적으로 그 병을 진단받는 사람은 많지 않습니다. 조기에 발견하면 심박 조율기, 베타 차단제같이 다양하게 손을 쓸 방법이 있습니다만 증상이 보이자마자 급사하면 아무도 손을 쓸 수 없죠. 대개 충격을 받거나 강한 감정이 몰아칠 때, 즉 모든 종류의 강도 높은 감정이 치밀 때 발병할 수 있습니다. 공포일 수도 있고. 역겨움일 수도 있죠. 하지만 꼭 그런 건 아닙니다. 가끔은 웃다가 죽는 사람들도 있습니다.

겨울 휴가

목적지에 막 도착했을 때 그들은 자신의 이름을 알아보지 못했다. 택시 기사가 이름이 적힌 플래카드로 열심히 허공을 찔러 대는 동안 그들은 멍하니 서서 늘어선 사람들의 이쪽저쪽을 훑어보았다. 마침내 필이 손으로 가리키며 말했다. "저기 있네." 그들의 성에 들어가는 'T' 자는 글자 위로 봉우리가 봉긋하니 올라왔고, 'i' 자에 찍어야 할 점은 섬처럼 어딘가로 떠내려가 버렸다. 그녀는 비행기 좌석 위쪽의 통기공으로 들어온 외풍 탓에 아무 감각이 없어진 뺨을 문질렀다. 나머지 신체 부위는 사정없이 구겨진 것 같고 모래처럼 서걱거렸다. 필이 택시 기사를 향해 손을 흔들며 서둘러 다가가는 사이에 그녀는 허리께에 달라붙는 티셔츠를 잡아떼면서 발을 질질 끌며 그를 따라갔다. 그들은 일기 예보를 보고도 날씨를 골리기라도 하듯 자신들이 원하는 날씨에 맞춰서 옷을 입었다.

택시 기사는 털이 숭숭 난 손으로 제 짐이라도 되는 것처럼 7들의 수하물 카트를 잡았다. 규정에 맞게 콧수염을 손질한 땅딸막한 남자였고, 타탄 무늬 안감이 보이는 능긴 지퍼 재킷을 입었다. 마치 이곳에 햇빛이 찬란하게 비칠 거라는 환상은 잊어 주셔 하고 웅변하는 듯한 복장이었다. 비행기가 연착한 탓에 날은 이미 어두웠다. 기사는 그녀를 위해 뒷문을 열어 주고 그들의 여행 가방들을 스테이션왜건 뒤쪽으로 날랐다. "길이 멀어요."가 기사가 말한 전부였다.

"그래요, 하지만 택시비를 미리 줬잖아요." 필이 말했다.

기사가 운전석에 털썩 주저앉자 가죽 시트에서 끽끽거리는 소리가 났다. 문을 쾅 닫았을 때 차 전체가 흔들렸다. 앞 좌석의 머리 받침대들을 다 떼어 놓아서 기사가 후진하려고 몸을 뒤로 돌리고 팔을 의자 뒷부분에 걸친 채 얼굴을 바싹 들이대고 차 뒤쪽을 훑어보는 동안 그녀는 주차장의 현기증 나는 불빛에 비친 코털을 바라볼 수밖에 없었다. "뒤로 물러나 앉아, 여보. 안전띠 메고. 이제 출발할 거야." 필이 그녀에게 말했다.

둘 사이에 아이가 있었다면 필이 아주 능숙하게 아이를 돌봤을 텐데.

아이쿠. 자, 자. 괜찮아.

한편 필은 생각이 달랐다. 항상 그랬다. 그는 호텔비가 제일 싼 겨울 학기 중에 휴가를 가는 편을 선호했다. 지금 몇 년째 그는 자식들이 열여덟 살이 될 때까지 키우는 데 얼마나 돈이 많이 드는지를 설명한 신문 기사들을 접어서 그녀에게 건넸다. "이런 식으로 정리된 기사를 보면 현실이 무서워져. 사람들은 부모에게 물려받은 돈이나 주위 사람들에게 받은 옷이나 물건 같은 걸로 적당히 아이를 키울 수 있을 거라고 생각해. 그럭저럭 나눠 쓰면 된다고 생각하지. 하지만 아이를 키우는 건 그렇게 간단한 일이 아니야."

"하지만 우리 아이는 마약 중독 같은 문제가 생기진 않을 거야. 그 정도로 심각하진 않을 거라고. 이튼 스쿨에 갈 만큼 똑똑하진 않겠지. 어쩌면 힐사이드 콤프에 가게 될 수도 있고. 거기 가면 머리에 이가 옮는단 말을 들었는데." 그녀가 대꾸했다.

"당신은 그런 상황에 처하고 싶진 않을 거 아니야, 안 그래?" 필은 이 말은 도저히 반박할 수 없겠지 하는 투였다.

그들이 탄 차가 번화가를 지나치며 조금씩 앞으로 나아갔다. 도로는 울퉁불퉁했고, 싸구려 술집들의 간판이 번쩍번쩍 빛났다. 필은 그녀가 짐작했던 것처럼 "우리가 아이를 낳지 않기로 결정한 건 잘한 일이야."라고 말했다. 앞으로 한 시간 정도 달려야 했다. 방만하게 뻗은 교외를 지나자 속도를 높였다. 도로의 경사가 가팔라지기 시작했다. 기사가 말을 섞고 싶어 하지 않는다는 점이 확실해졌을 때 그녀는 뒷좌석에 몸을 기대고 앉았다. 세상에는 두 종류의 택시 기사가 있다. 대거넘[*]에 조카딸이 산다며 승객이 차에 타자마자 입을 열고 머나먼 해변과 국립공원에 도착할 때까지 쉴 새 없이 수다를 떠는 수다스러운 택시 기사, 그리고 승객이 하는 말에 기껏해야 툴툴거리는 소리로 대꾸하면서 설령 고문을 받는 상황이라고 해도 자기 조카가 어디에 사는지 절대로 말하지 않으려 드는 택시 기사. 그녀는 기사에게 여행자들이 주로 하는 질문을 한두 가지 했다. 그동안 날씨가 어땠나요? "비가 왔어요. 이제 난 담배를 피울 거요." 기사가 말했다. 그는 담뱃갑에서 곧바로 담배 한 개비를 빼 입에 물고는 옷에서

---

[*]   영국 런던 동북부의 한 지구.

라이터를 찾아 꺼내려고 온몸을 비트느라 어느 순간 양 손을 핸들에서 다 놓았다. 그는 무시무시하게 과속을 하며 도로에서 방향을 틀어야 할 지점이 ㅣ피난 떼마나 ㅅ신석으로 모욕이라도 받은 것처럼 화를 내고 시간이 지체될 기미가 조금만 보여도 씩씩거렸다. 그녀는 필이 하고 싶은 말이 점점 쌓여 가는 걸 느낄 수 있었다. 그렇게 운전하면 변속 장치가 망가지지 않을까요? 처음에는 마을의 불빛을 따라 자동차 몇 대가 그들 옆을 천천히 지나쳐 갔다. 그러다 차도 점점 줄어들었다. 길이 좁아지면서 시커멓고 조용한 언덕들이 그들 뒤로 멀어졌다. 필은 그녀에게 높은 관목 지대에 있는 식물과 동물에 대한 이야기를 하기 시작했다.

그녀는 발밑에서 으스러지는 허브들의 향기를 상상해야 했다. 택시 창문은 고요하고 서늘한 밤바람이 들어오지 못하도록 꽉 닫혀 있었다. 그녀는 일부러 남편을 등지고 유리창에 입김을 불어 부옇게 김이 서리게 했다. 여기 사는 동물들은 대부분 염소다. 염소들이 언덕을 뛰어 내려오면 그 뒤로 돌멩이들이 폭포수처럼 쏟아졌다. 염소들은 차 앞을 가로질러 달렸고, 그 뒤를 쫓아 아이들이 달려왔다. 그들은 다채롭고 알록달록했으며, 조심성 없고 빠르게 움직였다. 가끔 헤드라이트 불빛에 낯선 눈동자가 은밀하고 희미하게 빛날 때도 있었다. 그녀는 안전띠를 매고 있었는데, 순간 움찔하자 안전띠가 그녀의 목을 조였다. 그녀는 눈을 감았다.

런던 히드로 공항의 보안 검색대에서 필은 진상을 부렸다. 그들 앞에 선 청년이 허리를 숙이고 힘들게 등산화 끈을 끄르기 시작했을 때 필이 큰 목소리로 말했다. "여기서 신발을 벗어야 한다는 건 알았을 거 아니야. 그럴 거면 우리처럼 끈 없는 신발을 신지 참."

"여보, 등산화가 무거우니까 그렇지. 저 청년은 짐이 무거워지지 않게 등산화를 신고 가고 싶은 거잖아." 그녀가 속삭였다.

"그건 이기적인 짓이야. 여기 이렇게 줄이 정체되는 거 봐. 자기가 등산화를 신고 오면 어떻게 될 줄 알면서." 필이 말했다.

청년이 고개를 살짝 들어 곁눈으로 그들을 봤다.

"죄송합니다."

"당신, 그러다 언젠가는 한 방 맞는 날이 올 거야." 그녀는 필에게 말했다.

"그거야 가 봐야 아는 거지, 안 그래?" 필은 마치 놀이터에서 게임을 하는 아이처럼 노래하듯이 말했다.

결혼한 지 일 년인지 이 년 정도 됐을 때 한번은 필이 꼬맹이들이 있으면 참을 수 없이 짜증이 난다고 고백한 적이 있다. 아이들이 고래고래 소리를 질러 대고, 플라스틱 장난감들을 여기저기 어지르고, 뭔가를 내놓거나 고쳐 놓으라고 하는데 정작 그게 뭔지 제대로 알아들을 수도 없어서 싫다고 했다.

"오히려 그 반대야. 아이들은 원하는 걸 손가락으로 가리키면서 큰 소리로 말해. '주스.' 하고 말이야." 그녀가 말했다.

필은 비참하게 고개를 끄덕였다. "평생 그런 식이지. 그러다 보면 당신도 괴로워질 거야. 그게 평생처럼 느껴질 거라고."

어쨌든 그들 사이에서 이제 아이에 관한 주제는 학구적으로 변해 가고 있었다. 그녀의 몸은 아이를 가질 수 있었던 단계에서 유전자와 염색체들을 이리저리 꼬면서 모험을 해야 하는 단계에 이르렀다.

"세염색체증, 증후군. 신진대사 결핍. 난 당신에게 그런 고생을 시킬 수 없어." 필이 말했다.

그녀는 한숨을 쉬며 맨살이 드러난 팔을 문질렀다. 필이 상체를 앞으로 기울이고 헛기침을 하더니 기사에게 말했다.

"집사람이 좀 쌀쌀하다고 하는데요."

"카디건을 입어요." 기사가 말했다. 그는 입에 새 담배를 물었다. 이제 길이 본격적으로 오르막이 되면서 계속 급커브가 이어졌고, 그때마다 기사가 핸들을 홱홱 꺾어서 차 뒤쪽이 배수로를 향하곤 했다.

"얼마나 남았어요? 대충?" 그녀가 말했다.

"삼십 분." 기사가 계속 이런 식으로 대꾸하다간 나중엔 침을 뱉겠다고 그녀는 생각했다.

"그래도 도착해서 저녁 먹을 시간은 있겠네." 필은 그녀를 격려하듯이 말했다.

그리고 기운을 북돋우려는 듯 그녀의 팔을 문질렀다. 그녀는 흔들거리며 웃었다. "당신이 그러니까 내 팔뚝 살이 막 출렁거리잖아." 그녀가 말했다.

"무슨 소리야. 어디 살이 있다고 그래."

하늘엔 구름이 잔뜩 낀 반달이 떴고, 오른쪽에 움푹 팬 기다란 땅이 보였다. 그들 위로는 빽빽하게 들어찬 수목 한계선이었다. 필이 그녀의 팔꿈치를 손으로 받치고 부드럽게 어루만지는 사이에 차가 또 한 번 옆으로 홱 미끄러지면서 길에 깔린 돌멩이들이 튀어오르는 것이 보였다. 필은 이런 말을 하고 있었다.

"내가 짐을 푸는 데는 이 분밖에 안 걸릴 거야." 그는 이어 가볍게 여행하는 자신만의 시스템에 대해 설명하기 시작했다. 하지만 그때 기사가 툴툴거리며 핸들을 확 비틀고 브레이크를 밟았다. 차가 한쪽으로 기울어졌다가 다시 중심을 찾았다. 안전띠가 그녀의 몸을 뒤로 잡아당겼지만 그녀의 몸이 갑작스레 앞으로 쏠려 앞 좌석에 손목을 부딪쳤다. 차가 뭔가에 충돌한 충격이 느껴졌지만 아무것도 보이지 않았다. 기사가 문을 활짝 열고 어두운 밖으로 나갔다. "새끼 염소야." 필이 속삭였다.

차에 깔린 걸까? 기사가 앞쪽 바퀴에 낀 뭔가를 끌어내고 있었다. 부부는 그가 구부리고 있는 사이 허리께에서 타탄 셔츠 주름 장식이 삐져나온 채 하늘로 치켜들린 그의 엉덩이를 보았다. 그들은 사고에 관심을 보이지 않으려는 것처럼 차 안에 꼼짝도 않고 앉아 있었다. 그들은 서로에게도 눈길을 주지 않았다. 다만 기사가 몸을 일으켜 세우더니 허리를 문지르고는 차 옆으로 돌아와 뒤 트렁크를 들어 올리고 어두운 색 방수 시트 같은 걸 꺼내는 모습을 지켜봤다. 쌀쌀한 밤공기가 그들의 날갯죽지를 쳤고, 그들은 아주 슬쩍 어깨를 움츠렸다. 필이 그녀의 손을 잡았다. 그녀는 움찔하면서 손을 뺐다. 심통을 부리려는 게 아니라

이 상황에 집중해야 할 것 같은 기분이 들어서였다. 헤드라이트 불빛을 받아 기사가 그들 앞에 윤곽을 드러냈다. 그는 고개를 돌리고 텅 빈 도로 위아래를 흘끗흘끗 살폈다. 손에 뭔가 들고 있었다. 바윗돌이었다. 그러더니 허리를 구부렸다. 퍽, 퍽, 퍽. 그녀는 바짝 긴장했다. 비명을 지르고 싶었다. 퍽, 퍽, 퍽. 기사가 허리를 펴고 똑바로 섰다. 뭔가 돌돌 만 것을 팔에 들고 있었다. 내일 저녁거리겠구나, 그녀는 생각했다. 양파와 토마토소스에 넣어 뭉근하게 끓이겠지. 왜 '뭉근하게 끓이다'라는 말이 떠올랐는지 알 수 없었다. 마을에 있는 간판 하나가 기억났다. 소포클레스 자동차 운전 학원. "아무도 행복하다고 할 수 없다……." 기사가 꾸러미를 차 뒤쪽에 놓인 그들의 짐 옆에 놓고 트렁크를 쾅 닫았다.

재활용이군, 그녀는 생각했다. 필이라면 이렇게 말하겠지. "바람직한 행동이야." 만약 그가 말한다면 말이다. 하지만 그는 말하지 않기로 결심한 것처럼 보였다. 그녀는 앞으로 남편과 자신 둘 다 겨울 휴가가 시작되자마자 일어난 이 심각한 사건에 대해 결코 언급하지 않으리란 점을 알아차렸다. 그녀는 자신의 손목을 잡았다. 아주, 아주 부드럽게. 불안에서 비롯된 행동이었다. 그 불안을 씻어 내고 그 미세한 고통을 마사지로 풀어 버리려고 했다. 적어도 이번 주는 내내 그 픽, 픽, 픽 소리가 계속 머릿속에 울리겠지, 그녀는 생각했다. 어쩌면 이 일에 대해 농담을 할지도 몰라. 우리가 그때 어떻게 얼어붙었는지. 어떻게 택시 기사가 그런 짓을 하도록 내버려 뒀는지, 그러지 않았으면 달리 우리가 어떻게…… 야밤에 산속을 순찰하고 다니는 수의사들이 있는 것도 아니잖아. 뭔가가 목구멍으로 치밀어 올랐다. 그녀는 그 말을 입 밖으로 내고 싶었다. 그것은 단단한 입천장을 간질이다가 다시 밑으로 내려가 버렸다.

짐꾼이 말했다. "로열 아테네 선 호텔에 오신 걸 환영합니다." 대리석으로 둘러싸인 실내에서 환한 불빛이 흘러나왔고, 근처를 둘러싼 부서진 돌기둥들에 비친 조명들이 파란색에서 초록색으로 변했다 다시 파란색이 됐다.

저게 바로 관광 책자에서 약속한 "고고학적 특색"이겠구나, 그녀는 생각했다. 다른 때 같았으면 활기 넘치는 천박한 풍경에 생긋 미소를 지었을 것이다. 하지만 그 서늘하고 진득한 밤공기, 그 사고…… 그녀는 천천히 차에서 나와 허리를 펴고, 무표정한 얼굴로, 택시 지붕에 손을 짚었다. 기사가 한마디 말도 없이 그녀를 팔꿈치로 살짝 치고 지나갔다. 그가 트렁크를 열었다. 그런데 도와주려고 열심인 짐꾼이 기사 바로 뒤에 서 있다가 짐을 들려고 두 손을 뻗었다. 기사가 재빨리 움직여 그를 막았고, 그녀는 자신도 놀랄 만큼 펄쩍 뛰면서 앞으로 달려들었다. "안 돼요!" 필도 마찬가지로 "안 돼!" 하고 소리를 질렀다.

"가방이 두 개밖에 안 되잖아요." 필이 말했다. 짐이 가볍다는 걸 증명이라도 하려는 것처럼 가방 하나를 직접 들어서 즐겁게 빙그르르 돌렸다. "난 여행은……." 그가 입을 열었다. 하지만 "가볍게 하는 게 좋다고 생각해요."라는 말은 나오지 않았다. "짐이 별로 없어요." 그가 말했다.

"알겠습니다, 선생님." 짐꾼이 어깨를 으쓱하며 뒤로 물러섰다. 그녀는 훗날까지, 친구에게 말하듯이 그 말을 마음속으로 되풀이했다. '있잖아, 우리는 어쩔 수 없이 공범이 돼 버렸어. 하지만 물론 택시 기사는 나쁜 짓을 한 게 아니야. 그냥 그 사태를 효율적으로 처리한 거지.'

그녀의 상상 속 친구가 대꾸했다. "그래도 넌 본능적으로 느꼈을 거 아니야. 거기에 뭔가 숨길 만한 게 있다고."

"난 한잔할 준비가 됐어." 필이 말했다. 그는 통유리 너머로 보이는 호텔 풍경을 갈망하고 있었다. 물고기 모양으로 얼린 각 얼음이 달그락 소리를 내는 브랜디 사워, 테라코타 타일 바닥을 또각또각 소리 내며 걸어가는 하이힐, 연철 소용돌이 장식, 호텔의 리넨 시트와 부드러운 베개. 행복한 사람은 아무도 없다. 평화롭게 눈을 감기 전까지는 누구도 행복하다고 할 수 없다. 적어도 호텔 방에 들어가 오늘 일어난 일을 지워 버리고 내일 아침 시장기를 느끼며 잠에서 깨기 전까지는. 택시 기사가 차 속으로 몸을 숙여 두 번째 가방을 꺼냈다. 그러면서 옆에 있던 방수포에 싼 꾸러미를 팔꿈치로 쳤다. 그때 그녀가 흘끗 본(그러면서 동시에 보기를 거부했던) 건 갈라진 염소 발굽이 아니라 아이의 지저분한 손이었다.

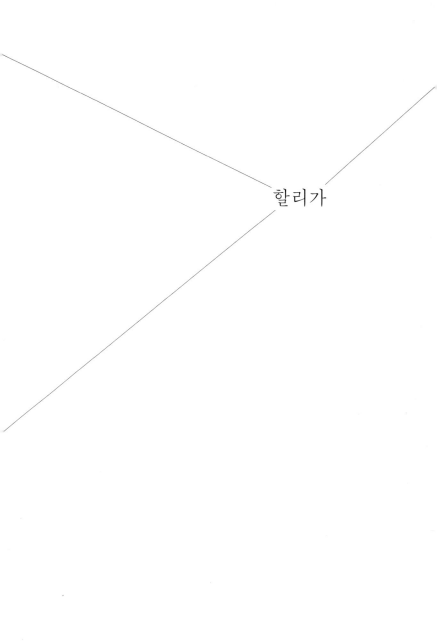

할리가

문을 여는 게 내 직업이다. 나는 처리해야 할 수백 가지의 행정 업무가 있고, 물론 직함도 있지만, 사실상 사람들을 맞이하고 인사하는 것이 내 일이다. 나는 환자들이 들이미는 예약 카드를 (아주 많은 환자들이 말 한마디 안 한다.) 받고 그들을 대기실로 안내한다. 나중에 복도를 따라가라고 하거나 2층으로 보내서 그들에게 다가올 운명과 만나게 하는데 대개 좋은 일은 별로 없다.

환자들은 대체로 날 투명 인간 보듯이 한다. 그들의 눈과 귀는 자신이 처한 곤경에만 쏠려 있기 때문에 차라리 로봇의 안내를 받는 게 나을지도 모른다. 나는 이 생각을 어느 날 배서스트 부인에게 말했다. 그녀는 항상 그렇듯 반쯤 졸린 눈으로 나를 바라봤다. 로봇이라고, 그녀가 내 말을 따라 했다. 아니면 좀비거나, 나는 명랑하게 말했다. 그게 바로 우리 병원 의사들이 해야할 일이에요, 좀비를 만드는 거. 그러면 업무 비용도 줄어드니까, 그만큼 불평도 줄어들겠죠.

지하실에서 채혈을 하는 베티나가 말했다. 좀비를 만들다니 무슨 뜻이야? 아이들 연극에 나오는 좀비 있잖아, 내가 말했다. 좀비를 만들려면 흰독말풀, 곱게 간 복어가 필요해. 그다음에 집안 대대로 내려오는 조리법에 따라 여러 가지 약초를 섞는 거지. 그걸 땅속에 한동안 묻어 뒀다가, 나중에 꺼내서, 머리를 후려쳐 기절시켜. 그게 좀비가 되는 거야. 걷고 말하지만 자유의지는 이미 다 제거됐지.

나는 신나게 떠들어 댔지만, 동시에 나 스스로도 겁을 먹고 있었다는 걸 인정한다. 베티나는 내가 미쳤다는 조짐을 찾으려고 나를 찬찬히 뜯어보았다. 그녀의 예쁜 입술이 반으로 쪼갠 딸기처럼 벌어져 있었다. 배서스트 부인이 나를 유심히 보았다. 아래턱이 살짝 처져서 우리 병원 치과 의사인 딱딱이 박사가 싸게 해 준 금 충전재 하나가 빛을 받아 반짝거렸다.

"둘이 대체 왜 그래? 요즘엔 《신과학자》 같은 잡지도 안 읽어?" 내가 말했다.

"난 눈이 안 좋아서. 텔레비전이 내 친구야." 배서스트 부인이 말했다.

베티나가 구입하는 유일한 잡지는《헬로!》*다. 베티나는 멜버른 출신으로 유머 감각이라곤 눈곱만큼도 없다. 사실 모든 면에서 센스가 없다. "좀비라고?" 그녀는 조심스럽게 발음했다. "난 좀비는 뜨거운 태양 아래서 사탕수수 줄기나 자르는 거라고 생각했는데. 좀비와 할리가를 연관시켜서 생각해 본 적은 한 번도 없어."

배서스트 부인이 고개를 흔들었다. "좀비는 죽음을 초월하지." 그녀는 힘겹게 말했다.

정강이뼈 박사(1층 왼쪽에서 두 번째 진료실 주인)가 지나갔다.

"저런, 저런, 간호사 선생들, 무슨 그런 이야기를 하고 있어?" 그가 놀라서 말했다.

"삶과 죽음의 미스터리를 빗대어 말하고 있는 거예요." 내가 정강이뼈 박사에게 말했다.

배서스트 부인이 한숨을 쉬었다. "사실 미스터리라고 할 만

---

* 영국의 주간 잡지.

한 것도 없지."

베티나는 내가 말한 대로 지하에서 연구실용 혈액 샘플을
채취하는 일을 한다. 할리가의 개업의들이 보내는 환자들은 어
떤 혈액 검사들을 받아야 하는지 적힌 양식을 가져온다. 베티나
는 그런 환자들의 피를 뽑아서 시험관에 넣고 라벨을 붙인다. 내
가 보내는 고객들은 아주, 아주 아파 보인다. 그들은 지하실에서
당하게 될 일을 마음에 안 들어 하지만 그게 뭐 대수라고? 주삿
바늘에 딱 한 번 찔리면 되는 건데. 맞다, 옛날에는 지하에 생체
해부학자들도 있었다. 베티는 평소에는 좀 덜 떨어진 면도 있지
만 일은 능숙하게 하기 때문에 환자들이 거기서 피를 질질 흘리
면서 나오는 일은 없다. 딱 한 번 올여름에 한 소녀가 내가 근무
하는 사무실 앞에 멈춰 서서 가냘프게 신음한 적이 있었다. 소녀
는 팔꿈치 안쪽에서 가느다란 피가 손목의 부풀어 오른 파란 혈
관을 향해 천천히 흘러내리는 걸 물끄러미 보고 있었다. 열일곱
살인 그녀는 거식증에다 빈혈이었다. 그녀의 피는 그녀처럼 창
백하고, 가늘고, 초록색이어야 마땅했지만, 물론 충격적일 정도
로 신선한 붉은색 피였다.

나는 문밖으로 얼른 뛰어나가 소녀의 어깨에 손을 올렸다. 그 5월에만 해도 내 손은 따뜻하고 흔들림이 없었다. 나는 소녀에게 단호히 말했다. 밑에 있는 베티나에게 달려가서 반창고를 다시 붙여 달라고 해. 소녀는 갔다. 배서스트 부인이 강낭콩 모양의 접시를 들고 복도를 걸어오다가 소녀를 보고 놀라 입을 떡 벌린 채 벽에 한 손을 대고 마음을 가다듬는 모습이 보였다. 부인은 숨이 차 보였고, 환자처럼 얼굴이 창백했다. "에구머니! 저 어린애는 대체 뭐가 잘못된 거야?" 그녀가 말했다.

나는 그녀에게 차를 한잔 끓여 줘야 했다. 내가 말했다.

"피를 보고 그렇게 식겁할 거면 왜 간호사가 된 거예요?"

"아, 아니야. 평소에는 이러지 않아." 그녀는 머그잔을 두 손으로 감싸고 꾹 눌렀다. "복도에서 갑자기 마주쳐서 그런 거야. 너무 뜻밖이라."

베티나는 빨간 머리에, 얼굴엔 주근깨가 있고, 살결은 크림색이다. 그녀가 앉으면 하얀 가운이 벌어지고, 짧은 스커트가 위로 올라가 아기 같은 무릎이 보인다. 베티나는 보기 좋게 풍만한 몸매에 두뇌라고 부를 만한 것이 없는데도 항상 남자들하고는 영 꽝이라고 투덜댄다. 남자들이 곧잘 데이트를 신청하지만, 일단 만나고 나면 그녀는 상황이 어떻게 돌아가는지 잘 이해하지 못한다. 보통은 시끄러운 술집에서 다른 남자들과 같이 만난다고 했다. 흠, 그게 유럽 남자들은 좀 다를 줄 알았다니까, 베티나가 말했다. 남자들은 고속 도로들에 대해 이야기를 나눈다. 다양한 교차점들, 그곳의 속도와 그들이 봤을 만한 흥미로운 도로 공사에 대해. 밤이 깊어지고 술도 몇 잔씩 걸치고 나면 남자들은 말한다. 우리는 아스날이 싫어, 아스날이 싫다고. 술집 주인은 손님들이 그만 나가 주길 원한다. 베티나는 그럴 때면 여자 화장실에서 슬쩍 빠져나와 가장 가까운 출구로 내빼곤 한다. "난 남자들이 내 몸에 침을 묻히면서 막 더듬는 거 딱 질색이거든." 그녀가 말했다.

여름이 시작될 무렵 베티나는 남자들은 애를 쓸 만한 가치가 없는 존재라고 말하기 시작했다. 텔레비전이 더 낫다. 텔레비전은 남자들처럼 한 말을 하고 또 하는 짓은 하지 않으니까. 차라리 집에서 퍼질러 앉아 미니 시리즈나 보는 게 낫다.

"그래도 취미가 필요해. 밖에 나갈 일을 만들어 봐." 배서스트 부인이 말했다.

베티나는 실처럼 가는 체인에 달린 작은 은십자 목걸이를 하고 있다.

"체인이 끊어질라." 배서스트 부인이 말했다.

"이건 아주 섬세해요." 베티나가 목걸이를 만지며 말했다. 멜버른에서 베티나는 섬세하고 상냥한 여자가 되도록 엄격하고 체계적인 훈련을 받았다. 가끔 그녀는 징징거렸다. 아, 맙소사, 샘플 하나를 잘못 놔둔 것 같아. 아, 제로니모 존스 샘플인 것 같아! 워워, 진정해, 나는 그렇게 그녀를 달랬다. 내가 장담하는데 샘플들은 다 그 자리에 그대로 있을 거야. 그러면 베티나는 보관하고 있는 유리 시험관들을 세고, 또 서류들을 다시 보고 모두 이상이 없는 걸 확인했다. 이러다 머지않아 일이 터질 것이다. 베티나가 샘플에 라벨을 잘못 달아서 온몸에 털이 숭숭 난 남자 환자가 에스트로겐이 부족하니 우리 병원의 폐경기 클리닉에서 치료받으라는 권유를 받게 될지도 모른다. 환자들이 불만을 제기한다 해도 그 역시 복잡한 의료 시스템 속에 녹아 버릴 것이다. 환자들은 자신이 받는 치료에 대해 치료비를 낸다고 해서 존중받을 것이란 기대를 하지 말아야 한다. 물론 우리는 의료비 청구서를 보낼 때 아주 정중하긴 하다.

> 정강이뼈 박사는 존경하는 마음을 담아
> 진료비 300기니를 청구합니다.

하지만 실상은 이렇게 말할 확률이 더 크다.

"빌어먹을 노이로제 환자들! 뭐든 다 아는 척하는 인간들! 여기 와서 자기에게 관심을 가져 달라고 요구하는 강심장이라니! 건방지게 이것저것 물어 대고! 난 준남작이란 말이야!"

독자들은 분명히 내가 냉소적이고 비뚤어졌다고 생각할 것이다. 하지만 나는 항상 할리가가 아주 길고, 단조롭고, 끝도 없는 난간과 모두 똑같은 놋쇠 명패에 짙은 색 목재 문들이 늘어선 아무 희망도 없는 거리라고 생각했다. 요즘처럼 끈적끈적하게 습한 여름날 새벽에 환자들도 나처럼 이 거리에 대한 꿈을 꾸는지 궁금하다. 이 거리가 공간상으로만이 아니라 시간까지 관통해서 앞으로 쭉 뻗어 있고, 그 끝에는 말리본로와 캐번디시 광장이 아니라 죽음과 당신이 태어나기 전에 있었던 그곳으로 이어질지 궁금했다. 물론 이런 이야기를 베티나나 배서스트 부인에겐 하지 않는다. 환자들을 위해 낮에는 계속 밝은 분위기를 유지하려고 노력해야 하니까.

하지만 우리가 있는 곳은 사람들의 사기를 높이도록 설계된 곳이 아니다. 할리가에 한 번도 와 본 적이 없다 해도 아마 이곳에 대한 그림을 머릿속에 그릴 수 있을 것이다. 대형 가죽 소파들, 짙은 초록색 갓이 달린 놋쇠 램프들, 전원생활 잡지들이 쌓여 있는 골동품을 복제한 목재 커피 테이블. 살날이 얼마 안 남은 사람이라면 적어도 세련된 방식으로 이 생을 마무리할 수 있겠다 싶은 분위기가 흐르는 곳이다.

우리 대기실은 또 전혀 다르다. 안락의자들은 제각각으로 구색이 안 맞는 데다 머리와 팔을 대는 부분에 기름기가 번들거린다. 심지어 부엌에서 쓰는 빨간 플라스틱 의자도 하나 있다. 읽을거리로 말하자면 늙은 정강이뼈 박사가 다 읽고 난 낚시 잡지들을 가져온다.《낚시할 때 어떤 구더기를 쓸까?》이런 잡지 말이다. 이제는 우리가 왜 그를 정강이뼈 박사라고 부르는지 잊어버렸다. 대개 우리는 의사들의 별명을 전공 분야에 맞춰 짓는데 그는 정형외과 의사가 아니다. 아마 그가 보는 환자들의 용모 때문에 그렇게 지었을 것이다. 그의 환자들은 점점 더 마르고 뾰족해진다. 환자들은 병원에 처음 들어올 때 트위드와 캐시미어 소재의 옷을 입고 붉게 상기된 얼굴로 허세를 부린다. 그러다가 나중에는 너무 약해져서 2층도 못 올라가는 모습을 보인다.

그와 대조적인 경우로 꼭대기 층에 있는 내분비학과의 선 박사도 있다. 선 박사는 여자이고 걸어 다닐 때 헐떡거리는 소리를 낸다. "저를 정상으로 만들어 주세요." 환자들은 박사에게 이렇게 애원한다. 마치 그 여의사가 그들의 병을 지배하기라도 하는 것처럼 말이다. 그녀는 월경 전 증후군과 폐경기의 혼란을 치료한다. 살이 찌는 호르몬을 처방하는 것이다. 여자들은 핼쑥하고 창백한 얼굴로 손을 덜덜 떨면서 아주 살짝 폭력적이고 조금 돈 상태로 병원에 왔다가 몇 달 지나 다시 올 때는 술에 취한 것처럼 들뜨고, 데굴데굴 굴러갈 듯이 살이 찌고, 헐떡이고, 이중 턱에 발목은 퉁퉁 붓고, 광기 어린 눈은 살 속에 움푹 파묻혀 있다.

나는 전에 말한 것처럼 복도를 향해 문이 난 작은 동굴 같은 내 사무실에, 주방에서 요리를 내놓는 곳 같은 창구가 뚫린 방에 틀어박혀 있다. 베티나는 내 사무실이 여기서 일종의 피커딜리 서커스* 같은 곳이라고 말한다. 그녀는 자신의 표현이 독창적이

● 런던 번화가의 중심으로 많은 극장들이 있는 곳.

라고 생각한다. 우리 병원에서 근무하는 의사들은 모두 내 방을 들락날락한다. 그들은 내 서비스 창구에 손을 대고 이런 식으로 말한다. "토드 양, 오늘은 청소 상태가 만족스럽지 않은데."

나는 말한다. "그런가요?" 나는 벽장에 손을 넣어 마른 걸레를 하나 꺼낸다. "의사 선생님, 여기 걸레 씨가 있습니다. 걸레 씨, 이쪽은 의사 선생님이에요. 이제부터 두 사람이 같이 일하게 될 겁니다."

그러면 모두들 청소가 내 일이 아니라는 걸 충분히 인식하게 된다. 청소는 밤에 라나툰가 부인과 아들 데니스가 하고, 그때 나는 여기 없으니 그들을 감독할 수도 없다. 부인과 의사인 얼룩 박사는 배서스트 부인의 고용주이기도 한데 자기 책상이 반짝거리지 않으면 아주 고약을 떤다. 우리 병원 의사들은 지들 돈 나가는 건 아까워하면서도 극진하게 대접받고 싶어 하고, 의대생들이 그러하듯 나도 자기들을 존경하길 기대한다. 얼룩 박사는 야심만만한 남자라고 배서스트 부인이 말했다. 아침부터 밤까지 일한다고 한다. 그는 스테인즈에 사는데, 그의 집은 우리 집과 상당히 가깝지만 더 근사하다. 밤에는 슬라우에서 낙태 수술을 한다. 가끔 얼룩 박사가 우편물을 가지러 올 때면 나는 이렇게 말한다. "어머, 이것 봐요, 선생님! 선생님 손이 더러운데요."
그는 발끈 성을 내며 손을 들어 바라본다. 그때 나는 맞아요, 거기, 거기가 더러워요 하고 말해 준다. 그다음에 박사가 눈을 크게 뜨고 혹시 핏자국이 묻었는지 자신의 소맷동을 찬찬히 뜯어보는 모습을 보는 게 아주 재미지다. 보시다시피 나는 나만의 시켜야 할 윤리적인 선이 있는 것이다. 월급은 쥐꼬리만 해도 그런 정신적인 사치는 부릴 수 있다.

　　우리 병원에서 또 전일 근무를 하는 의사로는 전에 말한 딱딱이 박사가 있다. 그에겐 따로 쓰는 작은 대기실이 있는데 거기서 그가 놓은 주사의 약효가 돌 때까지 환자들을 대기시킨다. 그는 진료용 의자에 환자가 앉을 때까지 기다리는 수법을 쓴다. 의사는 입술에 아무 감각이 없어진 환자의 입속에 손가락을 가득 집어넣은 상태로 자신의 의견을 말하기 시작한다. 파키스탄인들은 다 쫓아내야 한다, 그런 말들. 박사라는 사람에게 사람들이 기대할 만한 그런 말들. 내가 그의 환자들을 다시 바깥세상으로 내보낼 때면 그들은 얼굴이 한쪽으로 기울어지고 뇌는 폭발하기 직전의 폭탄인 것처럼 쉭쉭 소리를 낸다. 설사 자유롭게 말할 수 있다 해도 환자들이 의사의 말에 반박할까? 다음번에 치료받으러 오면 더 아프게 할 텐데.

딱딱이 박사도 한 가지는 칭찬해 줄 점이 있다. 다른 의사들처럼 탐욕스럽지 않다. 전에 말했듯이 그는 배서스트 부인에게 아주 싸게 치료를 해 줬다.

"치아에 무슨 문제가 있어요, 배서스트 부인?" 베티나가 물었다. 항상 그렇듯이 애교 넘치는 목소리다.

배서스트 부인이 말했다. "내가 어렸을 때 어른들이 교정기를 끼게 했어. 그 후로 잇몸이 아주 약해졌지." 배서스트 부인은 마치 입술에 핏방울이 흐르는 걸 닦아 내려는 것처럼 손을 들어 올렸다. 손가락이 아주 길었고, 손톱은 물어뜯어서 보기 흉하게 닳아 있었다. 나는 생각했다. 한 가지는 분명해. 저 여자는 자신의 어린 시절에 대해 말하고 싶어 하지 않는 사람들 중 하나야.

배서스트 부인이 가방에 이력서를 넣고 문 앞에 나타났던 날이 기억난다. 나이를 짐작하기 쉽지 않은 외모에 혈색은 누르스름하고, 검은 머리는 세어 가고, 어깨는 구부정하고, 머리에 핀

을 찌른 차림이었다. 검은 망토를 입었는데 키가 커서 잘 어울렸다. 하지만 여름 내내 그 망토를 두르고 다녀서 사람들이 빤히 쳐다봤다. 아마 병원 간호사였을 때 입었던 유니폼의 일부인지도 모른다. 너무 좋아서 차마 버릴 수가 없는 그런 물건인 셈이다.

그녀는 6월 말이 돼서야 비로소 내게 미소를 시이 보이며 말했다. "날 리즈라고 불러도 돼요." 그렇게 해 봤지만 편하지 않았다. 나로서는 유감스럽게도 그녀는 영원히 배서스트 부인일 것 같다. 그래도 그렇게 말해 줬을 때는 나와 잘 지내고 싶어 하는 것 같아서 기뻤다. 그게, 내가 개인적으로 좀 힘든 일이 몇 가지 있었다. 여기서 그런 이야기를 자세히 하기엔 너무 복잡하고, 아무튼 나는 나보다 나이가 많은 여자, 내 속내를 털어놓을 수 있는 여자를 찾고 있었던 모양이다.

어느 날 밤 나는 말했다. 오늘 나올래요? 같이 어디든 가요! 나는 그녀를 데리고 남자 친구와 자주 찾았던 작은 프랑스 레스토랑에 갔다. 그곳은 고풍스럽고, 아주 저렴하고, 웨이터들이 파리 스타일로 무례한, 아마도 런던에 마지막 남은 그런 식당일 것이다. 그 식사가 느긋하고 편했다는 말은 못 하겠다. 배서스트 부인은 음식에 관심이 없어 보였다. 그녀는 그날 저녁 내내 의자 가장자리에 걸터앉아 웨이터들이 가져오는 음식들을 빤히 보면서 코를 킁킁거렸다. 옆 테이블에서 타르타르스테이크를 주문했을 때 그녀가 나를 바라봤다. "사람들이 저런 걸 먹는 된 날이야?"

"보아하니 그런데요."

"뭐야. 아무나 다 먹어?" 그녀가 말했다.

"보고도 먹을 수 있으면 먹는 거죠 뭐."

"그렇군." 그녀는 그렇게 말하고 얼굴을 찌푸렸다.

"저런 걸 주문해서 먹을 수 있을 거라곤 생각도 못 했어."

"인생을 즐겨 본 적이 없군요." 내가 말했다.

"아니야, 나도 제대로 즐겨 봤어." 그녀가 말했다.

계산서가 와서 내가 말했다. "내가 쏠게요. 정말이에요, 리즈. 진심으로 하는 말이에요." 좋아, 고마워. 그녀는 그렇게 대꾸했다. 그리고 문 옆 고리에 걸린 망토를 잡아당겨 입고 망토를 펄럭이며 밤거리로 나갔다.

나는 그녀를 좋아해 보려고 노력했지만 그녀는 단순히 우정을 바라며 다가오는 사람들은 잘 받아들이지 못하는 사람이었다. 그녀는 나보다 베티나에게 더 흥미를 가졌다. 둘은 공통점이라곤 하나도 없어 보이는데. 베티나는 내게 와서 징징거렸다.

"그 여자는 항상 내가 일하는 데 와서 죽치고 있다니까."

"뭐 하러?"

베티나는 입을 삐죽거렸다. "내 일을 도와주겠다나."

"그건 범죄가 아니잖아."

"그 여자가 레즈비언이라는 생각 안 들어?"

"그걸 내가 어떻게 알아?"

"네가 그 여자랑 차 마시는 거 봤어."

"그래, 하지만 제기랄. 어쨌든 그 여자는 결혼한 부인이잖아.
안 그래?"

"아, 부인이라." 베티나는 냉소적으로 말했다.

"아마 아닐지도 몰라. 그냥 부인이라고 하면 사람들이 자길
더 존경할 거라고 생각하는 거지."

"존경이 아니라 존중이겠지."

"그거나 이거나. 레즈비언도 결혼하는 경우 많아."

"그래?"

"확실해."

내가 말했다. "네가 그렇게 세상 물정에 밝다니 경의를 표해
야겠네."

"그 여자 꼬락서니를 보라니까! 뭔가 문제가 있어." 베티나가 말했다.

"갑상선 문제일까? 그럴 수 있어. 비쩍 말랐잖아. 손도 막 떨고." 내가 말했다.

베티나가 고개를 끄덕였다. "눈도 툭 불거졌잖아. 음. 그럴 수도 있겠다."

나는 베티나와 배서스트 부인 둘 다 안타까웠다. 베티나는 일종의 그랜드 투어* 식으로 돈을 벌면서 유럽을 돌아다니고 있다. 유럽의 다양한 도시에 잠시 머무르면서 피를 뽑는 일을 하며 살다가 비행기를 타고 집으로 돌아가 정착할 거라고 했다.

배서스트 부인의 친지들은 해외에 산다는데 결코 만나는 일은 없다.

같이 저녁 식사를 한 후에 ── 이건 재앙이었는데 아마 내 잘못일 것이다 ── 나는 영화나 뭐 다른 걸 같이 해 보자고 제안했다. 다만 전에 말했던 것처럼 나는 워털루에서 삼십오 분 거리에 있는 스테인즈의 아파트에 살고, 배서스트 부인은 최근에 하

─────────────────

* 과거 영국과 미국의 부유층 젊은이들이 교육의 일환으로 유럽 주요 도시들을 둘러보던 여행.

이게이트에서 켄슬그린으로 이사 갔다. 거긴 어때요? 내가 물었다. 지저분하지 뭐, 그녀가 대답했다. 여름에 그녀는 이 주간 쉬었다. 그녀는 쉬고 싶지 않았고, 사실 몹시 두려워하고 있었지만 얼룩 박사가 학회에 가니 나오지 말라고 했다.

일을 끝내던 날 그녀는 내 사무실에서 손바닥으로 눈을 감싸고 앉아 있었다. "배서스트 부인, 아무래도 런던은 부인에게 맞지 않는 곳인 것 같아요. 잘 안 맞아요. 나도 런던이 다정한 곳이란 생각이 안 들어요. 여긴 여자가 혼자 살 만한 곳이 못 돼요." 내가 말했다. 특히 당신처럼 나이 든 여자들이란 말은 하지 않았다. 잠시 후에(아마도 내가 한 말을 생각하고 있다가) 그녀가 얼굴에서 손을 뗐다.

"옮겨 가야지. 바로 그거야. 옮기는 거, 일 년이나 이 년 간격으로. 그렇게 하면 누군가를 만나게 될 거야, 그렇지 않아?" 그녀가 말했다.

그녀에게 마음이 쓰였다. 나는 우리 집 주소를 종이에 휘갈겨 썼다.

"언제 한번 오세요. 우리 집에 소파가 있으니까 재워 드릴 수 있어요."

그녀는 그 쪽지를 받고 싶어 하지 않아서 내가 억지로 손에 밀어 넣어 줬다. 손이 얼마나 차던지 땅속에 오랫동안 파묻혀 있던 벽돌 같았다. 나는 그녀의 갑상선 문제에 대한 내 생각을 바꿨다.

물론 그녀는 우리 집에 오지 않았다. 나는 개의치 않았다. 이제 그녀를 어느 정도 알게 됐으니 신경도 덜 썼다. 하지만 나는 다소 비난하듯이 휴가 기간에 뭘 했는지 일부러 일체 물어보지 않았다. 휴가에서 돌아온 첫날 그녀는 진이 빠진 것처럼 보였다. 나는 말했다. "그동안 뭐 했어요? 야간 아르바이트라도 했어요?"

그녀는 고개를 푹 숙이고 입술을 잘근잘근 씹으면서 크고 창백한 얼굴을 홱 돌려 버렸다. 그녀는 가끔 날 짜증 나게 한다. 마치 내 영어를 이해하지 못하는 것처럼 인간이라면 고향이 어디건 마땅히 해야 할 일체의 의사 표현을 생략해 버리곤 했다. "어쨌든 우리 병원에서 일어난 흥미진진한 사건을 놓치셨네요, 배서스트 부인. 일주일 전에 누가 우리 병원에 침입했는데." 어느 날 아침에 출근해 보니 라나툰가 부인과 데니스가 있었다. 라나툰가 부인은 눈물 바람으로 걸레를 두 손으로 비틀고 있었다.

밖에 경찰차가 한 대 있었다.

"정말?" 배서스트 부인이 말했다. 그녀는 아까보다 더 생기가 돌아 보였다. "마약 때문에?"

"맞아요. 정강이뼈 박사가 그렇게 말했어요. 도둑들이 우리가 병원에 약을 보관한다고 생각한 게 분명해요. 놈들이 지하실을 뒤집어 놔서 사방이 유리 조각 천지였어요. 사실상 냉장고 문을 뜯어내 버렸어요. 베티나의 혈액 샘플들을 가져갔는데 그걸로 대체 뭘 하고 싶었을까요? 그 피를 가지고 뭘 했을지 원."

"짐작도 못 하겠군." 배서스트 부인은 마치 그런 인간의 생리에 대해선 도저히 이해할 수 없다는 듯 고개를 절레절레 흔들었다.

"내려가서 베티나를 위로해 줘야겠어. 불쌍한 것. 얼마나 충격을 받았겠어." 그녀가 속삭였다.

어느 토요일에 할리가에서 기나긴 오전을 보낸 후 나는 시내에서 쇼핑을 해야겠다고 생각했다. 2시가 됐을 무렵에는 더위와 잔뜩 몰려든 사람들 때문에 지칠 대로 지쳤다. 나는 핀란드어만 하는 사람인 척하면서 투어 버스에 올라타 내 옆에 있는 빈자리에 다리를 올려놨다. 하늘에서 천둥이 쳤고, 습하면서 더웠다. 관광객들은 교통섬들●이나 공원에 멍하니 앉아 있었다. 나무들은 촉촉한 초록색 덩어리 같았고 거기에 묵직하게 매달린 나뭇잎들은 천천히 바스락거리는 것처럼 보였다. 버킹엄 궁전 근처 보도는 제라늄 화단이 있어 땅바닥에서 피가 흘러나오는 것처럼 새빨갰다. 근위병들도 보초를 선 자리에서 덩달아 축 늘어져 있었다.

그날 밤은 너무 더워서 잠이 오지 않았다. 그러다 할리가에 있는 꿈을 꿨다. 꿈속에서 그날은 월요일이었다. 일주일 내내 일하는 사람들은 대개 이런 꿈을 꾼다. 나는 어딘가를 가거나 오는 중이었다. 해가 뜨는지 지는지 보도에는 물이 들었고 할리가의 난간들은 모두 줄로 뾰족하게 다듬어져 있었다. 나는 어떤 사람과 나란히 거리를 걸어가고 있었다. 사람들이 난간에 해 놓은 짓 좀 봐, 내가 말했다. 그러게, 아주 끔찍하게 날을 세워 놨네, 그 여자가 말했다. 그때 커다란 손 하나가 불쑥 나타나서 날 뾰족한 난간으로 밀어 버렸다.

● 보행자를 보호하기 위해 도로, 교차로 등의 한가운데에 만들어 놓은 섬 모양의 구역.

다음 날 나는 피곤해서 흐리멍덩한 상태로 평소에 타던 기차도 놓쳐 버리고 십이 분 늦게 워털루 역에 도착했다. 십이 분이라니. 인생이란 긴 시간에 비하면 아무것도 아니지 않나? 그날은 그렇게 안 좋게 시작했고 결국 나쁜 하루가 돼 버렸다. 워털루 역에 십이 분 늦게 도착한 후엔 베이커루 노선에서 난두극이 있었고, 리젠트 파크 역에서는 엘리베이터가 고장 났다. 가까스로 지상에 올라갔을 때는 전력 질주를 해야 했다. 그러지 않으면 얼룩 박사와 정강이뼈 박사가 손목시계를 톡톡 치면서 내 서비스 창구 속으로 면상을 들이밀고 난리를 칠 테니까. 아, 토드는 대체 어디에 있는 거야? 나는 할리가로 들어섰다. 그런데 거기서 뭘 봤을까? 리즈 배서스트가 죽어라 병원을 향해 걸어가고 있었다. 나는 그녀를 따라잡아 그녀의 팔에 한 손을 올렸다. 지각이네요, 배서스트 부인! 부인답지 않아요! 어제 잠을 통 못 잤어, 쉬질 못했거든. 그녀가 말했다. 부인도 그랬어요? 내가 말했다. 내가 간밤에 꾼 악몽은 휙 날아가 버렸다. 나는 금방 그녀를 동정하게 됐다. 그녀는 고개를 끄덕였다. 밤을 꼴딱 새웠어, 그녀가 말했다.

그런데 바로 그다음 삼 초, 사 초, 오 초 사이에 어마어마하게 짜증이 나기 시작했다. 더 이상 내 마음을 잘 표현할 말을 생각해 낼 수 없다. 분명 아주 사랑스럽고 멍청한 베티나도 날 지치게 하고 의사들도 마찬가지지만, 그 순간 나는 배서스트 부인이 다른 누구보다 더 나를 지치게 한다는 사실을 깨달았다. "리즈." (내가 그녀에게 쏘아붙였다는 건 인정한다.) "왜 그러고 다녀요? 그 망토 좀 버릴 수 없어요? 태워 버리던가, 땅속에 묻어 버리던가, 중고 가게에 팔던가. 당신 때문에 정말 우울해진다고요. 머리도 좀 다듬고. 손톱 줄을 사서 손톱도 좀 다듬고."

내 손톱, 내 머리? 그녀가 말했다. 그녀는 누리끼리하면서 달처럼 천진한 얼굴을 내게 돌렸다. 그리고 한마디 경고도 없이 (그때야 내가 그녀의 기분을 상하게 한 게 분명하다는 사실을 깨달았다.) 팔을 뒤로 당겼다가 내 가슴 한가운데를 주먹으로 세게 쳤다. 나는 뒤로 확 밀려나 난간에 부딪쳤다. 난간 끝이 살 속으로 움푹 파고 들어가면서 난간 끝의 창살 하나가 척추에, 또 하나는 견갑골 뒤에 부딪치는 게 느껴졌다. 배서스트 부인은 정신없이 뛰어가 버렸다.

나는 두 손을 뒤로 뻗어 잠시 그 사악한 창살들을 감싸 쥐었다가 힘을 주고 밀면서 몸을 똑바로 세운 후 비틀거리며 그녀를 쫓아갔다. 우리 병원 의사들을 내가 조금이라도 믿었다면 그들 중 하나에게 몸에 난 상처를 봐 달라고 부탁했을지도 모른다. 하지만 나는 그저 당황했을 뿐이었다. 그리고 미안하기도 했다. 내가 그녀에게 잔인한 말을 했으니까. 내 피로를 탓해야 했다.

그날 내내 피부가 까져서 쓰라렸다. 우리 병원의 소음은 더 커진 것 같았다. 의사들이 신발을 질질 끌면서 왔다 갔다 할 때 그들이 신은 롭스가 카펫을 스치는 소리도 들을 수 있었다. 선 박사가 씨근대고 헐떡거리는 소리도 들을 수 있었다. 그녀가 진료하는 환자들이 기분 나빠서 지르는 고함 소리, 배서스트 부인이 옆에 서 있는 동안 얼룩 박사가 차가운 검경을 밀어 넣을 때 흐느껴 우는 환자들의 울음소리도. 딱딱이 박사의 드릴 가는 소리도 들을 수 있었고, 철제 접시에 철제 도구들이 쟁그랑거리는 소리도 들을 수 있었다.

나는 베티나에게 물었다. 오늘은 하루 종일 월요일이야? 그래, 그녀는 대답했다. 베티나는 너무 어리석어서 그게 정상적인 질문이라고 생각했다. 아, 그러면 로보토미 박사가 2시 30분부터 8시 30분까지 2층 왼쪽 두 번째 사무실에서 근무하겠구나. 내가 말했다. 나는 뇌수술을 받든가, 아니면 진정제를 다량으로 처방받든가 해야겠어. 오늘 배서스트 부인에게 정말 못되게 굴었거든. 그 망토를 입는다는 이유로 비웃었어.

베티나는 딸기처럼 붉은 입술 가장자리를 삐죽거렸다. 그녀의 큰 눈이 내 말을 이해하지 못한 듯 불룩 튀어나왔다. "그 망토가 구식이란 건 알지만 그게 왜 웃긴지는 이해가 안 되는데."

그때 둘이 나만 따돌리고 한패가 됐다는 걸 알아차렸어야 했을까? 그 여름에 나는 통찰력이 부족했다. 로보토미라면 이렇게 표현했을 것이다. 하지만 막상 나는 환자들이 오면 그들의 뼈까지 꿰뚫어 볼 수 있을 것처럼 느껴졌다. 그들의 심장이 떨리는 소리를 들을 수 있었고, 숨 쉬는 소리, 소화하는 소리를 들을 수 있었고, 그들의 병세가 진전되는 속도를 측정하고, 그들이 크리스마스를 우리 병원에서 보내게 될지 아닐지 말해 줄 수 있을 것 같았다. 이제 9월인데 아직도 런던 때문에 만신창이가 된 느낌이었다. 목욕이나 샤워를 하러 스테인즈의 집으로 돌아갔을 때 나는 샤워를 하고 싶어 죽을 지경이었다. 위로로 삼기 위해 나는 머릿속에 이런 그림을 간직했다. 언젠가는 런던 시내에서 더 멀리 떨어진 곳에 집을 얻을 거야. 나만을 위한 공간을. 작고 조용한 곳으로.

다음 날 나는 워털루 역에서 백합 한 다발을 사서 배서스트 부인의 손에 쥐어 주었다. "잔인한 말을 해서 미안해요." 그녀가 멍하니 고개를 끄덕였다. 그녀는 꽃다발을 꽃병에 꽂지 않고 홀에 있는 테이블 위에 놔뒀다. 내가 꽂을 수도 없는 노릇이었다, 그렇지 않나? 그날 밤 그녀와 베티나는 함께 퇴근했다. 나가는 길에 그녀는 꽃다발을 보지도 않고 무심하게 집어 들었다. 그 꽃다발을 가지고 집에 갔는지 아니면 가는 길에 쓰레기통에 버렸는지는 결코 알 수 없었다.

다음 날 베티나가 지하실에서 올라왔다. 그녀는 내 사무실로 들어와서 문틀에 기대어 섰다. 마치 몸의 윤곽이 흐릿해져 버린 것처럼 희미하고 상처 입은 듯 멍해 보였다. "하고 싶은 말이 있어." 베티나가 말했다.

"그래. 무슨 문제가 생긴 거야?" 나는 좀 차갑게 말했다.

"여기선 말고." 그녀는 주위를 둘러보며 말했다.

"1시 15분에 만나." 내가 말했다. 나는 그녀에게 그 프랑스 레스토랑이 어디에 있는지 일러 줬다. 거긴 점심시간에 더 싸다.

내가 먼저 도착했다. 물을 좀 마셨다. 베티나가 올 거라고는 생각하지 않았다. 내가 준 주소를 잃어버렸거나 흥미를 잃었을 거라고 생각했다. 어쨌든 그녀의 문제들은 항상 쉽게 해결할 수 있는 것이었으니까. 1시 30분에 그녀는 뺨이 붉게 물든 채 뛰어 들어왔다. 웨이터가 싸구려 방수 재킷을 받아 줬을 때 그녀는 다시 얼굴을 붉혔다. 웨이터가 메뉴를 가져오자 보지도 않고 받았다. 그리고 이마에 떨어진 곱슬곱슬한 앞머리를 쓸어 올리더니 (내 예상처럼) 눈물을 터트렸다. 이번 여름은 아주 길고 힘들었다. 배서스트 부인이 옮겨 가야 할 필요가 있다고 했던 말이 떠올랐다. 내가 말했다. "우리랑 같이 오래 있을 생각이 아닌 거지, 베티나?"

그녀가 나와 눈을 마주쳤다. 파란색과 보라색이 섞인 그녀의 커다란 눈동자에 결연한 표정이 떠오른 걸 보고 놀랐다.

"넌 눈치 못 챘구나, 그렇지? 맙소사. 대체 나이를 어디로 먹은 거야? 내가 요새 매일 밤 배서스트를 만나는 걸 눈치채지 못했어?" 베티나가 말했다.

사실 둘이 같이 나가는 걸 보긴 했는데. 나는 아주 신중하게 침묵을 지켰다. 사람들이 하는 말이 무슨 뜻인지 잘 알 수 없을 때는 그렇게 해야 한다. 그때 베티나가 좀 이상한 짓을 했다.

테이블에 팔꿈치를 올리고 두 손을 뒷목에 대더니 두피 선을 마사지하듯 주물렀다. 그리고 장밋빛 머리를 들었다. 마치 나에게 뭔가 보여 주려는 것처럼 보였다. 순간 그녀가 내 눈을 도전적으로 바라보더니 짧고 흰 목 뒤로 머리카락을 넘겼다. 베티나는 전율했다. 그녀가 한 손을 천천히 움직여 자신의 젖가슴을 가볍게 만지며 젖꼭지를 쓸어내렸다. 나이 많은 웨이터가 지나가다 마음에 안 드는 광경을 본 것처럼 나를 향해 오만상을 찡그렸다.

"아, 베티나, 울지 마." 나는 두 손을 뻗어 그녀의 손을 잡았다. 좋아, 넌 그런 사람이란 말이지. 내가 알았어야 했는데. 네가 내 사무실에 와서 성적 도착에 대해 키득거렸을 때 알아봤어야 했는데, 안 그래? "그런 사람들은 쌔고 쌨어, 베티나."

"아, 빌어먹을." 그녀가 말했다. 그녀의 사랑스러운 면은 일순간 다 사라져 버렸다. 그녀는 창백한 얼굴로, 땀을 흘리며, 독한 말을 해 댔다. "이건 중독과 같아." 베티나가 말했다.

"후원 단체들이 있어. 전화를 걸어서 어떻게 하면 여기서 벗어날지에 대해 조언을 구하면 돼. 난 더 이상 그게 문제가 될 거라고 생각하지 않았는데, 특히 런던에서는. 같은…… 성향을 가진 사람들을 찾기 쉬울 거라고."

베티나는 체크무늬 테이블보를 뚫어져라 보면서 고개를 절레절레 흔들었다. 아마 집에 있는 식구들을 생각하는 것이겠지. 멜버른에 있는 다른 도덕관을 가진 사람들?

"이런 식으로 생각해 봐. 어쩌면 이건 그냥 네가 거쳐 가는 하나의 단계일지도 모른다고."

"단계?" 베티나가 고개를 들었다. "그게 네가 아는 전부지, 토드. 난 평생 이랬거든."

내 편견은 그렇다 치고(그건 쉽지 않았다, 거기다 왜 쉬워야 하는가?) 배서스트 부인은 직장 동료로서 최근에 좀 더 빠릿빠릿해지긴 했지만 별로 좋은 사람처럼 보이지는 않는다고 말해야 했다. 이제 베티나와 엮인 그녀는 에너지가 넘치고 활발해졌다. 눈빛을 빛내며 나를 계속 바라보곤 했다. 거리에서 날 공격한 일에 대해 보상을 해 주고 싶은 모양이라고 짐작했다. 다음 주말에 자기 집에 놀러 오라고 했다. 내가 갈지 안 갈지는 모르겠다. 그냥 밥이나 먹으러 와, 그녀는 그렇게 말했다.

상해에 관한

법률

그녀의 이름은 니콜레트 블랜드로 우리 아버지의 정부였다. 이 이야기는 1970년대 초반으로 거슬러 올라간다. 아버지가 육욕의 지배를 받은 이래로 오랜 시간이 흘렀다. 그녀는 니콜레트라는 이름처럼 앙증맞으면서 침착하고, 짧은 머리를 솜씨 좋게 곱슬곱슬하게 말았다. 거기다 검고 촉촉한 눈은 동양인처럼 살짝 눈초리가 치켜 올라갔다. 마치 패키지여행이라도 다녀온 것처럼 피부는 벌꿀 색이었고, 편안해 보였지만 미소를 짓는 법은 거의 없었다. 나는 그녀가 스물여섯 정도일 거라고 봤다. 그때 열일곱 살이었던 나는 대학에 가기 전 여름에 아버지의 변호사 사무실에서 하급 사원으로 잠시 일하고 있었다. 아버지는 그 일을 하청이라고 했다. 왜 그렇게 표현했는지는 나도 잘 모르겠다.

나는 니콜레트가 탁탁 소리를 내며 타자 치는 모습을 지켜보곤 했다. 자판 위에서 진주광택이 나는 그녀의 손톱이 휙휙 날아다녔다.

"사람들이 그러죠, 여자들은 절대 타자 치는 법을 못 배운다!" 내가 말했다.

1972년 무렵부터 그런 말이 나오기 시작했다.

"그래, 사람들이 그런 말을 하지?" 그녀가 말했다. 잠시 한 손이 허공을 맴돌았다. "그런 말에 일일이 성질내지 마, 비키. 난 저녁때까지 끝내야 할 일이 많아." 그녀는 뭔가를 찰싹 치는 시늉을 하더니 다시 탁 탁, 탁 탁으로 돌아갔다.

나는 그녀의 발에 매료됐다. 나는 계속 고개를 거꾸로 숙인 채 책상 밑에 나란히 놓인 그녀의 발을 빤히 쳐다봤다. 그때 이미 뾰족구두는 한물간 스타일이었지만 그녀는 그 스타일을 고수하고 있었다. 그녀의 검은 구두는 무지하게 반짝거렸다. 한번은 아버지가 사무실에서 나왔을 때 니콜레트가 타자기에서 고개도 들지 않고 탁, 탁, 탁, 탁 치면서 말했다. "프랭크, 이 책상에 가림 판을 댈 수 있을까요?"

내가 크리스마스에 다시 사무실에 돌아왔을 때 니콜레트

는 알버트 광장 건너편에 있는 카플란 씨 회사에 취직했기 때문에 내가 그녀의 자리에 앉게 됐다. "관리 업무도 같이 맡게 됐나 봐. 업무 영역도 여기보다 확대됐고. 니콜레트가 여기서 하는 일이라곤, 너도 알겠지만 한정돼 있잖아." 아버지가 말했다.

"도로 교통법 위반, 상해에 관한 법률이죠." 내가 대꾸했다.

"그래, 주로 그런 종류의 시시한 일이잖니. 게다가 저쪽의 젊은 시몬이 니콜레트에게 기존 연봉에 100달러를 더 얹어 주기로 한 모양이야."

"아마 점심 식권이겠죠." 내가 말했다.

"궁금하지도 않다."

"뭐, 오컴의 면도날*이 더 잘 드는 법이죠." 내가 말했다. 아버지가 이렇게 설명을 길게 늘어놓기 시작하자 비로소 뭔가 수상하다는 의심이 들기 시작했다. 나도 모르게 발이 앞으로 쑥 나가서(갑자기 진실을 보게 될 때 이런 버릇이 있다.) 책상의 가림 판을 쿵 찼다.

이 모든 게 내겐 새롭기만 했다. 남자들이 자신의 비서와 친

---

* 어떤 사실이나 현상에 대한 설명들 가운데 논리적으로 가장 단순한 것이 진실일 가능성이 높다는 원칙을 의미한다.

밀한 관계를 가진다는 건 알고 있었다. 나는 존 돌턴가, 크로스가, 증권 거래소에서 불륜이 일어나는 상상을 했지만, 우리 사무실은 부부 관계에 관련된 사건은 맡지 않았고, 맡았다 해도 직원들이 내가 보지 못하게 파일을 치우고 엄격하게 보관했기 때문에 내가 최근에 남자의 불성실한 면에 대해 보거나 알게 된 건 토머스 하디의 소설들에서뿐이었다. 자유연애의 시대인 1960년대가 지나갔는데 우리가 평일 7시 45분에 출근하는 혼잡한 윔슬로에서는 그 시대가 시작되지도 않았다. 나는 니콜레트가 왜 광장 맞은편 회사로 이직했는지 짐작했다. 대표에게는 불륜 상대를 외부에 두는 것이 훨씬 더 신중한 노릇이었으리라. 카플란 회사도 이 음모에 가담한 게 분명했다. 이건 내가 스테이플러를 절단 냈을 때 자기 사무실에 있던 여분의 스테이플러를 보내는 것처럼 일종의 은혜를 갚는 방법일지도 모른다.

그때까지 우리 가족의 삶은 티끌 한 점 없이 완벽했다. 우리는 하루 종일 먼지를 터느라 바쁜 엄마 덕분에 먼지 한 점 없는 집에서 살았다. 언니는 사범대에 들어가서 집에 없었다. 나는 천성적으로 지나치게 깔끔했다. 아버지는 뒤치다꺼리를 해야 하는 사람이 아니었다. 그해 여름에 아버지는 가끔 서류 작업을 할 것이 남았다고 하면서 나만 먼저 집에 보냈다. 회사에서 제일 지위가 높은 아버지가 마치 사무실에 톱질해야 할 통나무라도 있는 것처럼 말했다. 그러면서 샌드위치로 저녁을 때우겠다는 전갈을 내 편에 보냈다. 엄마가 아버지를 위해 따뜻하게 데워 둔 저녁은 오븐용 접시에서 쪼글쪼글해지며 얼룩을 남겼다. 엄마는 혼자 어두운 정원에 나가 아까 낮에 물을 준 흙 위에 발을 딛고 축 늘어진 가지들을 막대에 묶어 고정했다. 그때 전화벨이라도 울리면 땅거미 지는 정원에서 "엄마가 받을게." 하고 높고 떨리는 목소리로 말했다. "아빠가 전화했는지 봐라." 나는 엄마가 뒷문 옆에서 발을 굴러 신발에 묻은 흙을 털어 내는 소리를 듣곤 했다.

아버지는 순번에 따라 정기적으로 국선 변호인 업무를 맡았기 때문에 종종 경찰서에서 밤을 샐 때가 있었다. 원래도 안색이 창백했던 엄마는 시곗바늘이 천천히 11시를 향해 가면 점점 더 안색이 안 좋아졌다. "그런 일은 안 해도 될 텐데. 이젠 그런 일을 할 직급도 아니잖아. 피터 메트컬프더러 하라고 하지. 와치 월리스에게 시키던가. 그 사람은 서른도 안 됐을 텐데."

아버지가 퇴근했을 때 엄마는 아버지에게서 술 냄새를 맡았다. "확실히 변호사 면허를 걸고 술을 마신 건 아니겠지?" 엄마는 금방이라도 부서질 것 같았다.

"민셜가 분위기가 그래. 사람을 취하게 만든단 말이야." 아버지가 대꾸했다.

"니콜레트라는 여자 알죠? 그 여자 외국인이에요?" 내가 물었다.

"블랜드." 이건 아버지가 엄마 들으라고 한 말이었다. "니콜레트 블랜드. 그 여자는, 뭐더라, 예전에 우리 사무실 타이피스트였지. 이제 그 이야긴 그만해라, 빅토리아."

"아, 그렇지. 젊은 카플란이 그 여자에게 연금을 주겠다고 제안했지." 엄마가 대답했다.

"바로 그 여자야. 근데 갑자기 그 여자 이야기는 왜 꺼내니? 그 여자가 왜 외국인이야?"

"피부색이 캐러멜같이 예쁘잖아요. 팔다리도 틀로 찍은 것처럼 반듯반듯하고. 마치 홍콩에서 찍어 낸 도자기 같아."

"내 딸이 인종 차별주의자일 줄은 몰랐네." 아버지가 발끈 화를 내며 말했다.

"어머나, 난 그저 그 여자가 선탠 크림을 써서 그렇게 태운 건지 알고 싶었을 뿐이라고요. 나도 그걸 살 수 있는지 궁금해서. 이성에게 좀 더 매력적으로 보이고 싶은데 그러려면 노력을 해야 하잖아요." 내가 말했다.

"넌 머리를 그렇게 잘라 놔서 죄수처럼 보여."

"나라면 그런 스타일은 안 고를 거다. 내 말은 선탠 말이야. 그 머리 꼬락서니는 말할 것도 없고. 다음번에 그 여자를 만나면 손바닥을 한번 봐 봐. 선탠 크림을 발라서 만든 피부색이라면 손금 사이사이가 코코아색일 거야. 미인 대회 여왕은 그런 딜레마가 있지. 발레리가 그러더구나." 엄마가 말했다.

발레리는 엄마가 다니는 미용실의 미용사다. 발레리는 아주 강력한 파마 옹호주의자이자 우리 동네 마피아이자 머리빗을 든 책략가다. 한동안 엄마는 나와 발레리를 엮어 보려고 애썼다. 나는 우리 대화가 이렇게 옆길로 샌 것이 마음에 들지 않았다. 지금 여기 서서 심문을 받아야 할 사람이 아버지가 아닌 나인 것 같은 상황이 돼 버렸다. "난 자러 갈래요."

"나쁜 꿈 꾸지 말고, 얘야."

"잘 자라." 아버지는 긴 형광등 불빛 아래 화가 나서 불그스레한 얼굴로 말했다.

크리스마스가 지난 뒤, 내가 아버지 사무실에서 계속 일하는 동안 내 미래를 위한 계획이 세워졌다. 대학에서 뭔가 일이 잘못됐지만 실질적으로 유혈 사태가 일어나진 않았다. 여기서 자세한 이야기는 하지 않겠다.

새해 초에 우리 기준으로 봤을 때 흥미진진한 폭행 사건이 일어나 법정에 갔다. 앤코트에 있는 술집 주인이 손님 하나를 폭행한 혐의로 기소됐다. 검찰 측은 그 남자가 술집에서 평화롭게 술을 마시다가 화장실에 가고 싶어졌는데 주인이 의도적으로 방향을 잘못 가르쳐 줘 뒤뜰로 가게 만들었다, 곧 주인은 손님을 따라 나가 아무 이유도 없이 술통들 사이에서 발길로 차더니, 마침내 문을 열고 그를 지저분하고 음산한 골목으로 쫓아냈다고 했다. 그 골목에는 다른 사람도 아닌 제복을 입은 순경이 노트를 준비하고 섰다가 그 손님의 머리에 깊은 상처가 있는 걸 보고 서둘러 진술을 받았다고 했다. 그것도 그 좁은 골목에 어쩌다 새어 들어온 가로등 불빛에 의지해서 즉각적이고 상세한 보고서를 써냈다는 것이다.

술집 주인은 자신의 유순한 성격을 증명해 줄 증인으로 단골손님의 절반을 데리고 법정에 출두했다. 그 손님들보다 더 살벌해 보이는 사람들도 없을 것 같았다. 그날 밤 사건에 대한 경찰의 진술은 이상한 점이 아주 많았지만 기운 넘치는 젊은 아일랜드 청년, 즉 주인이 법정 밖 복도에서 크게 소리를 지르면서 만나는 사람마다 술을 한 잔씩 사겠다고 소란을 일으켜서 변호에 도움이 안 되고 있었다. "이기건 지기건 상관없어요, 선생님." 그는 이 사건을 맡은 검사인 버나드 벨에게 소리를 질렀다. "언제고 저희 가게에 들러서 좋아하시는 술 이름을 말해 주세요."

나는 고개를 깊이 숙여 그의 호들갑스러운 환대를 피해 지나가야 했다. 고개를 들고 마음을 진정시키며 아버지를 따라 법정으로 들어가려는데 놀랍게도 니콜레트가 복도 반대편 끝을 맴돌고 있는 모습을 봤다. 니콜레트는 얼굴을 찡그린 채 주위를 둘러보다가 나와 눈이 마주치자 무표정한 눈은 그대로 두고 입꼬리만 올려 억지웃음을 웃었다. 그녀는 손에 든 종이 몇 장을 펄럭이면서 카플란 씨 심부름을 온 척했지만 어쩐지 우리 아버지를 찾으러 왔다는 걸 알 것 같았다. 아무래도 자꾸 주위를 둘러보던 그녀의 눈빛 때문이었다. "아가씨에겐 더블 진을 쏠게요." 경찰의 팔에 붙들려 비틀거리던 술집 주인이 그녀 옆을 지나치며 말했다. 경찰의 표정을 보니 우리가 왜 보석을 반대하는지 이제 알겠죠? 하는 것 같았다.

어쨌든 술집 주인은 호감형으로, 그가 그날 저녁에 일어난 일을 법정에서 증언했을 때 내 주위에 있던 서기들 몇 명이 낄낄거렸고, 법정 관람석에 있던 사람들은 요란하게 웃어 댔다. 유머 감각이라고는 눈곱만큼도 없는 것으로 유명한 포츠 판사가 모두 퇴장시키겠다고 협박하자 다들 곧 조용해졌다. 하지만 더 이상 그 재판에 대해 쓸 수가 없다. 경찰이 증인대에 서자마자 갈라진 발굽 같은 것이 내 배를 차는 듯한 심한 복통이 느껴졌던 것이다. 나는 허리를 숙이고 발치에 놔둔 가방 속을 뒤지다가 옆에 앉은 아버지를 지나쳐 포츠 판사에게 목례를 한 번 하고 공손하게 법정을 빠져나와 화장실이 있는 쪽으로 가야 했다. 젊은 여성의 생리에 적응이 된 아버지는 내가 옆을 지나칠 때 안쓰러운 눈빛으로 흘끗 바라봤다. 나는 나가면서 문가에서 몸을 돌리고 살짝 고개를 들어 주위를 둘러보다 니콜레트가 법정 관람석에 걸터앉아 있는 모습을 봤다. 그녀는 술집 주인의 친구들 사이에 끼어 있었는데, 그들은 법정에서 재치 있는 농담이 나올 때마다 자리에서 조용히 들썩이며 웃었다.

내가 법정으로 돌아왔을 때는 점심 식사를 하기 위해 휴정한 상태였다. 니콜레트가 복도에서 우리 아버지를 향해 고개를 들고 심각하게 이야기를 하고 있었다. 사람들은 다 나간 것처럼 보였다. 아버지는 침울한 표정으로 니콜레트의 얼굴만 바라보았다. 나는 분명 아버지가 시장할 거라고 생각했다. 아버지는 고개를 들고서 마치 자신을 구원해 줄 사람이나 웨이터를 찾는 듯 복도를 살폈다. 아버지의 시선이 날 스쳤지만 보진 못한 것 같았다. 아버지는 마치 사람들이 다 가고 혼자 길가에 남겨졌는데, 앤코트의 타락한 인간이 그의 피를 빨아 먹기라도 하는 양 잿빛 안색에 진이 빠진 모습이었다.

그때 점심 식사를 마치고 서둘러 돌아온 사람들이 부산스럽게 다시 복도를 채우기 시작했다. 그들에게서 불 꺼진 담배, 맥주와 치즈와 양파와 위스키의 희미하고 불쾌한 냄새가 풍겼다. 젖은 방수 외투와 젖은 신문지 냄새가 그들과 함께 딸려 왔고, 《이브닝 뉴스》 초판의 축축한 페이지들이 펼쳐진 채 허공에서 펄럭거렸다. 니콜레트가 미소를 지으면서 하이힐로 바닥을 쿡쿡 찌르며 나를 향해 다가왔다. 나와 친해지고 싶어 하는 것 같왔다. 그녀는 찰칵 소리를 내며 핸드백을 열었다. "네 아버지는 이게 두 개 정도 필요할 것 같다고 생각하시던데." 그녀가 아스피린 병을 꺼냈다.

"난 평소에 세 개 먹는데."

"마음대로 해."

그녀는 인심 좋은 분위기를 풍기며 아스피린 병뚜껑을 열었다. 하지만 병목에 흰 솜이 박혀 있었고, 그걸 꺼내려 집게 손가락을 넣자 오히려 닿지 않는 병 속 깊숙이 들어가 버렸다. "이리 줘 봐." 니콜레트가 말했다. 그녀는 진주광택이 반짝거리는 손으로 병을 들어 찬찬히 살폈다. "이런 젠장." 그녀가 말했다.

아버지가 곧 합류했다. 아버지는 두꺼운 손가락을 들어 보이면서 아버지도 이건 도와줄 수 없다고 했다. 니콜레트는 상기된 얼굴을 숙였다. 눈꺼풀 위로 반짝거리는 필름 같은 파란색 아이라이너가 가늘게 그려져 있었다. 나는 목선을 내려다 보려고 그녀 옆으로 다가가 캐러멜색 피부가 어디서 끝나는지 보려고 했지만 짜증으로 붉어진 목은 실크 블라우스의 단추에 막혀 그 이상 보이지 않았다.

검사가 도착했다. "무슨 일인가, 프랭크?" 버나드 벨이 물었다.

아버지가 대답했다. "내 딸이, 그러니까 두통이 시작돼서 말이야."

"햇빛을 너무 오래 쬤군." 그때는 2월이었다. 아무도 미소 짓지 않았다. "아, 좋을 대로 생각해. 트위저스*면 되겠는데." 버나드가 말했다.

나는 트위저스라는 벙어리장갑을 끼고 구루병에 걸린 족집게 직원이 있는 줄 알고 뒤를 돌아볼 뻔했다. 버나드는 자기 주머니를 뒤졌다. 주머니에서 파일 고리 몇 개와 작은 동전들과 보푸라기가 나왔다. 그는 그걸 보더니 다시 주머니에 두 손을 넣고 한동안 더 뒤적거렸다. 아름다운 니콜레트의 환심을 사 보려는 수작이군, 나는 생각했다. 아버지가 코웃음을 쳤다. "버니, 자네는 법정에 족집게도 안 가지고 다녀? 손톱깎이, 그런 거……."

"자네는 비웃을지 모르겠지만 난 날아가는 유리 조각 때문에 입은 고약한 부상을 많이 봤어. 세인트 존 앰뷸런스에서 훈련받은 남자는 말이지 살균 소독된 편리한……."

그런데 그때 니콜레트가 승리의 비명을 꽥 질렀다. 손가락

●　족집게를 뜻함.

끝으로 솜뭉치를 집어 올리고 있었다. 아스피린 세 알이 내 손바닥으로 굴러 들어왔다. 만약 그 알약들이 그녀의 손바닥으로 굴러 들어갔다면 그녀의 피부색에 대한 의문을 풀 수 있었을 텐데.

그 소송은 오후 일찍 각하됐다. 아일랜드 술집 주인은 그의 편이 돼 준 사람들을 만나기 위해 복도로 달려 나가 허공에 대고 주먹을 찔러 가며 소리쳤다. "모두에게 내가 한 잔씩 쏜다."

아직 법정에 남아 있는 니콜레트를 보고 나는 놀랐다. 그녀는 팔꿈치 위쪽에 느슨하게 핸드백을 건 채 혼자 서 있었다. 아까 가지고 있던 종이들이 뭐였든 이젠 보이지 않았다. 마치 뭔가를 기다리며 줄을 선 것 같은 모습이었다. "아주 훌륭하게 신사적으로 사건을 처리하셨습니다, 검사님." 술집 주인이 검사가 있는 쪽을 향해 외치고는 주먹을 휘두르면서 그녀의 옆을 지나갔는데 그녀가 군인처럼 민첩하게 벽 쪽으로 붙으며 납작한 배를 팔 위쪽으로 가리는 모습이 보였다.

그날 밤 아버지가 엄마를 슬쩍 부르는 모양이었다. 엄마가 계속 아버지에게서 떨어져 왔다 갔다 하는 바람에 아버지는 엄마를 따라다니며 현관으로 갔다가 부엌으로 가면서 내 말 좀 들어 봐, 릴리안이라고 말했다. 나는 욕실로 가서 욕실 수납장 안을 들여다봤다. 평소에는 생각만 해도 토할 것 같아서 피하던 곳이었다. 나는 그 안에 있는 것들을 분류해 봤다. 작은 병에 든 올리브 오일, 뭔가 새어 나오는 연고들, 돌돌 말린 반창고와 날에 조금씩 녹이 슨 가위, 셀로판지로 싼 크레이프 붕대. 상상했던 것보다 사고가 일어났을 때를 대비해 준비된 물품들이 많았다. 나는 상자에 든 탈지면을 좀 뜯어 공처럼 돌돌 말아 귓속에 쑤셔 넣었다. 그리고 아래층으로 갔다. 나는 마치 정찰병처럼 내 발이 아무 소리도 내지 않고 앞으로 슥슥 나아가는 모습을 구경했다. 부엌문에 유리 패널이 붙어 있었지만 그 유리 사이로 부엌을 들여다보진 않았다. 하지만 잠시 후에 마치 집 전체가 흔들리는 것처럼 발밑이 진동하는 게 느껴졌다.

나는 부엌으로 갔다. 아버지는 거기 없었다. 얼른 상황을 파악해 보니 뒷문으로 슬쩍 빠져나간 게 분명했다. 부엌은 둔탁하게 쾅쾅거리는 소리로 가득했다. 엄마가 평소에 아버지의 쪼그라든 저녁 식사를 담아 뒀던 오븐용 접시로 식탁 가장자리를 후려치고 있었다. 강화 유리로 만든 접시가 깨지기까지 오랜 시간이 걸렸다. 마침내 접시가 박살 났을 때 엄마는 그 잔해를 바닥에 그대로 놔두고 2층으로 가면서 내 옆을 지나쳤다. 나는 이 상황에 대해 무슨 말을 하려고 해도 소용없다는 걸 경고하려는 것처럼 엄마에게 내 귀를 가리켜 보였다. 하지만 엄마는 그냥 가 버렸고 혼자 남은 나는 박살 난 접시 조각들을 하나하나 다 집어서 테이블 위에 올려놨다. 기꺼이 날 도와줄 족집게가 없었기 때문에 손톱을 써서 카펫 타일에서 유리 부스러기들을 집어 올렸다. 이렇게 접시를 원래대로 복구하는 데 만족스러울 만큼 오랜 시간이 걸렸다. 이렇게 소리를 줄인 저녁이 나 없이 꾸역꾸역 흘러가는 동안 나는 양파와 당근 모양이 찍힌 접시가 다시 완전한 모양으로 돌아갈 수 있도록 부서진 조각들을 맞췄다. 엄마가 볼 수 있게 그대로 놔뒀는데 다음 날 아침 내려왔을 때 그 접시는 원래 우리 집에 없었던 것처럼 사라져 버렸다.

쌍둥이가 태어나 그 아이들을 보러 갔다. 니콜레트는 굉장히 싹싹했다. 그녀는 과거에 대해(가림 판이라든가 뭐 그런 모든 것에 대해) 즐겁게 회상하려고 애를 썼지만 내가 단호하게 거부했다. 아버지는 아일랜드 술집 주인이 법정에 있던 그날처럼 여전히 안색이 잿빛이었고, 쌍둥이들은 얼굴이 누랬다. 하지만 아버지는 아이들 때문에 기쁜 것 같았고, 철없는 청년처럼 싱글거린다는 생각이 들었다. 나는 갓난아기들의 아주 작은 손가락들과 손바닥들을 보면서 으레 그러듯이 경이로워했다. 아버지는 이 상황을 잘 받아들이는 듯 보였다. "엄마는 어떠시니?" 아버지가 물었다.

뭔가 정체를 알 수 없는 갈색 음식이 베이비 벨링 오븐 위에서 뭉근히 끓고 있었다.

집은 엄마가 차지했다. 정원을 떠나는 건 너무 끔찍할 거라고 엄마가 말했다. 아버지가 엄마의 생활비를 지불해야 했는데 엄마는 그중 일부를 요가 수업에 썼다. 금방이라도 부서질 것 같았던 엄마는 요가를 해서 유연해졌다. 엄마는 매일매일 떠오르는 태양을 기쁘게 맞이했다.

나는 편견을 가진 젊은이가 아니다. 나는 아직도 사람들이 거짓말할 때 얼굴색이 바뀌는 걸 눈치챈다. 내가 본 니콜레트는 먼지를 좀 털어 줘야 할 것 같았다. 그녀에게선 아기가 토한 냄새와 갈색 스튜 냄새가 났고, 곱슬곱슬한 머리가 털 뭉치처럼 귓가에 늘어져 있었다. 그녀가 내게 속삭였다. "가끔 저이는 국선 변호 업무를 맡아서 나가. 밤새 밖에 있다 오지. 전에도 그랬어?"

항상 소심했던 아버지가 아이들을 안고 무릎을 흔들며 위로 들썩들썩해 주고 있었다. 그러면서 노래를 불러 주었다. "1페니에 하나, 1페니에 두 개, 맛있는 과자." 사랑은 공짜가 아니다. 사실 아버지는 극빈층으로 몰락했지만 그 점을 이미 예상했을 것이다. 나는 시몬 카플란, 버나드 벨 같은 사람들이 아버지를 감탄하며 바라봤을 거라고 생각한다. 내가 보기엔 나를 제외한 모두가 원하던 걸 차지했다. "모두 한잔할까요?" 내가 말했다. 니콜레트가 찬장으로 손을 뻗어 영국제 셰리주 한 병을 꺼냈다. 나는 그녀가 그 병에 쌓인 먼지를 불어 날리는 걸 지켜봤다. 나만이 정녕 내가 원하는 게 뭔지 말하지 못했다.

당신을

어떻게

알아보죠?

시시한 1990년대 말엽의 어느 여름, 한 문학회에서 강연을 의뢰받아 런던을 잠시 떠나야 했다. 그 문학회는 19세기가 막을 내렸을 무렵부터 이미 퇴물이 됐을 그런 단체였다. 강연을 해야 할 날이 됐을 때 나는 애초에 강연을 왜 하겠다고 동의했는지 의아했다. 하지만 거절보다 승낙이 더 쉬웠고, 물론 약속할 때는 그 약속을 지켜야 할 날이 결코 오지 않을 것처럼 생각하기 마련이다. 이를테면 핵무기에 의한 대학살이나 사람들의 관심을 다른 데로 돌릴 만한 어떤 일이 일어날 거라고 생각하는 것이다. 거기다 나는 자기 계발에 열중하던 시절에 대한 감상적인 애틋함이 있었다. 이런 독서 클럽들은 포목상 주인들과 가게에서 같이 일하는 아내들, 삼류 시인인 엔지니어들과 애처가에다 뭘

하며 시간을 보내야 할지 모를 기나긴 겨울밤을 앞둔 의사 들이
조직한 것이 대부분이다. 이들은 요즘엔 뭐로 시간을 때우고 있
을까?

당시에 나는 글을 쓰다가 싫어진 인물의 전기와 씨름하면서
떠도는 생활을 하고 있었다. 그 이삼 년 동안 나는 생활을 꾸리
면서 이미 모은 자료들을 또 모아서 컴퓨터 디스크에 넣고 하룻
밤사이에 정기적인 삭제로 날아가 버리곤 하는, 죽어라 고생만
하고 결과는 나오지 않는 악순환 속에 갇혀 있었다. 거기다 나
는 항상 카드 색인들, 종이 집게들, 잉크가 스며들어서 얼룩투성
이가 된 싸구려 노트들을 가지고 다녔다. 이런 노트들을 잃어버
리기는 아주 쉬웠다. 나는 노트를 블랙 택시* 혹은 기차간 머리
위 선반에 놔두고 내리거나, 주말마다 안 읽은 신문 뭉치와 함께
아무 생각 없이 쓸어 담아 버리곤 했다. 가끔 나는 어쩔 수 없이
유스턴 로드와 신문 수거소 사이를 계속 오락가락하는 모습을
보이기도 했다. 당시 콜린데일에는 아직 신문 수거소가 있었다.
그리고 내가 쓰고 있는 전기의 주인공이 세상에 처음 널리 알려

● 　영국의 전통적인 고급 택시.

졌던 곳인 비에 흠뻑 젖은 더블린 교외와 그가 쓸모없어지고 더 이상 폼 나 보이지도 않게 된 지 십 년이 지나 욕실에서 자기 목을 칼로 그어 버린 호텔이 있는 북부 공업 도시 사이를 오락가락하는 모습도 보였다. 검시관은 '사고'라고 말했지만 진실을 은폐했을 거란 의심이 강하게 들었다. 수염을 풍성하게 길렀던 그가 면도하다 사고로 죽을 정도였다면 아주 열정적으로 면도했던 모양이다.

그해 나는 목표를 상실한 채 하릴없이 방황하고 있었다. 그점은 부인하지 않겠다. 거기다 항상 가방을 미리 싸 놓은 상태였기 때문에 그 문학회의 초청을 거절할 이유가 없었다. 그들은 문학회 회원들에게 내 연구에 대해 간략히 설명하고, 내가 작가로서 활동한 초기에 쓴 단편 소설 세 권을 짧게 언급한 후에 질문을 받으라고 요청했다. 그런 다음에 회원들이 '감사의 말'(나는 이 강조 표시가 몹시 부담스러웠다.)을 할 것이라고 했다. 그들은 내게 약소한 사례금과 로즈마운트라는 베드엔브랙퍼스트에 숙소를 제공할 것이라고도 했다. 그곳은 조용한 데 있는 호텔로 편지에 사진을 동봉했다는 유혹적인 말이 있었다.

사진은 문학회 총무가 쓴 첫 번째 편지에 들어 있었다. 작고 파란 종이에 한 행씩 띄어서 타자로 친 편지에는 'h'가 타자기가 딸꾹질을 한 것처럼 찍혀 있었다. 나는 그 로즈마운트 사진을 전등 옆으로 가져가 불빛에 비춰 봤다. 튜더 양식의 박공지붕, 퇴창 하나, 미국담쟁이덩굴이 보였지만 전반적인 인상은 가끔 도로 모퉁이에서 나타났다가 여행객이 절뚝거리며 다가가면 사라지고 마는 유령의 집처럼 흐릿하게 여기저기 색채가 번지고 번들거리는 느낌이었다.

그래서 전과 똑같은 방식으로 딸꾹질을 하는 타자기로 친 파란 편지가 다시 도착해 로즈마운트가 새 단장을 위해 문을 닫아서 부득이하게 모임 장소에서 가까운 에클레스 하우스에 묵어야 할 듯한데 그곳도 상당히 평판이 좋은 곳으로 알고 있다는 내용을 받았을 때 나는 놀라지 않았다. 편지엔 또다시 사진이 동봉돼 있었다. 에클레스 하우스는 길고 하얀 테라스가 하나 있고, 4층 건물에, 다락방의 유리창 두 개는 놀란 눈처럼 생겼다. 나는 문학회에서 이런 식으로 내게 숙소를 설명해야 한다는 의무감을 느꼈다는 점에 감동했다. 깨끗하고 따뜻하기만 하다면 나는 어디에 묵든 개의치 않았다. 물론 종종 깨끗하지도 따뜻하지도 않은 호텔에서도 묵어 봤다. 그 전해 겨울에는 레스터 교외에 있는 게스트하우스에 묵었는데 냄새가 어찌나 역겨운지 새벽에 잠이 깼을 때 더 이상 방에 있기 힘들어 옷을 갈아입자마자 다른 사람들이 아직 잠든 시간에 부츠 신은 발을 비에 젖어 번들거리는 보도에 딛으며 연립 주택들이 줄줄이 늘어선 거리를 터벅터벅 걸었다. 그 동네 쓰레기통들은 바퀴가 달렸지만 타이어를 도난당한 차들은 타이어가 있어야 할 자리에 벽돌을 괴고 있었다. 거기서 나는 거리 끝에 도달할 때마다 돌아서 왔던 길을 다시 걸었고, 그동안 그곳에 사는 수백 커플들은 얇은 커튼 뒤에서 잠결에 뒤척이며 잠꼬대를 했다.

그와 대조적으로 마드리드에서는 내 출판사가 호텔 스위트룸을 잡아 줬다. 스위트룸은 벽에 짙은 색 패널을 댄 작은 방 네 개로 구성돼 있었다. 출판사에서 호화롭고, 거추장스럽고, 향기로운 꽃다발을 보내왔다. 꽃은 바퀴처럼 동그란 모양이었고 가지는 나무처럼 질겼다. 호텔 접객 담당자가 회색빛이 도는 묵직한 유리 화병들을 갖다줬다. 화병에 꽃을 여러 송이 꽂아 광이 나는 가구 위 여기저기에 조심스레 놔뒀다. 나는 자신의 장례식에서 도망치려고 애쓰는 사람처럼 짙은 먹구름 같은 꽃가루 아래 외롭고 묘한 기분에 젖었다. 마치 관 속에 갇힌 기분으로 갈색 패널을 댄 방들을 어정어정 걸어 다녔다. 베를린에서는 프런트에 있던 접수 담당자가 방 열쇠를 내주면서 이렇게 말했다. "담이 큰 분이길 빌어요."

약속 날짜가 일주일 전으로 다가왔을 즈음 건강이 좋지 않았다. 계속 내 머리 바로 왼쪽으로 흡사 천사가 나타나려고 하는 것처럼 비현실적이고 희미한 빛이 보였다. 식욕이 떨어졌고, 잠을 자면 기이한 부둣가와 아래로 배들이 지나다니는 다리와 속이 울렁거리는 해류와 조수가 꿈에 나타났다. 전기 작가로서 나는 무능하기 그지없었다. 내가 쓰는 전기 주인공의 골치 아프게 얽힌 가계도를 풀려다가 버지니아 이모를 멕시코인과 결혼한 사람하고 헷갈려 버렸다. 이제까지 내가 쓴 모든 날짜들이 틀렸을 테니 2장에 나오는 내용을 통째로 다시 써야 하는 상황이라 한 시간이 내내 속이 뒤틀렸다. 여행을 떠나기 전날 나는 전기 쓰는 작업 자체를 포기하고 그냥 눈을 질끈 감은 채 침대에 누워 있었

다. 우울하다기보다 전반적으로 무능하다는 감정만 느껴졌다. 내가 전에 썼던 세 편의 단편 소설들과 거기 나온 불안정한 인물들이 몹시 그리운 느낌이었다. 소설 속으로 들어가면 좋겠다는 생각이 들었다.

여행에 별 특별한 일은 없었다. 문학회 총무인 시미스터 씨가 역으로 마중을 나왔다. 내가 작가님을 어떻게 알아보죠? 그가 전화로 물었다. 작가님은 작가님의 책 표지에 나온 사진과 똑같으신가요? 제가 실제로 본 작가님들은 사진과 같은 적이 거의 없더라고요. 그는 자신이 아주 재치 있는 말을 한 것처럼 그 말을 하고 킬킬 웃었다. 나는 그의 말을 잠시 생각했다. 통화 중에 잠시 침묵이 흐르자 그가 여보세요? 하고 물었다. 난 사진하고 같아요, 내가 대답했다. 사진보다 못생기진 않았고, 물론 그 사진을 찍었을 때보다는 나이 들었고, 얼굴이 더 야위었고, 머리는 더 짧아진 데다 색이 달라졌고, 사진에 나온 식으로 미소를 짓는 일은 거의 없지만요. 알겠습니다, 그가 말했다.

"시미스터 씨. 전 당신을 어떻게 알아보죠?" 내가 물었다.

나는 잔뜩 지치고 찌푸린 얼굴로 나의 첫 소설 『한낮의 스포일러』를 가슴께에 들고 서 있는 그를 알아봤다. 그는 단추를 채운 외투를 입고 있었다. 6월이었는데도 날씨가 겨울처럼 쌀쌀했다. 나는 왜인지 그가 자신이 쓰는 타자기처럼 딸꾹질을 할 것만 같았다.

"축축한 날이 될 것 같습니다." 그가 나를 자신의 차로 데리고 가며 말했다. 나는 잠시 이 묘한 말이 무슨 뜻인지 생각해 봤다. 그 사이 그는 삐걱거리는 소리를 내며 차 안의 의자들을 조정하고, 뒷좌석의 개 담요 위에 놓인 더러운 석간신문을 던지고, 마치 마법을 써서 보푸라기와 개털들을 모조리 없애 버리려는 것처럼 조수석을 손으로 대충 철썩철썩 쳤다.

"문학회 회원들은 비가 오면 외출을 안 하나요?" 내가 마침내 아까 그가 한 말의 뜻을 이해하고 말했다.

"그거야 모르죠. 절대 모르죠." 그는 차 문을 쾅 닫아서 나를 안에 가두고는 대답했다. 내 머리가 자동적으로 내가 왔던 길을 돌아봤다. 요즘 내 머리가 자주 그렇게 하는 경향이 있다.

우리는 도심을 향해 2킬로미터 정도 달렸다. 5시 30분으로 혼잡한 시간이었다. 병든 묘목들이 늘어선 간선도로와 항구를 향해 대형 화물 트럭들과 탱크차들이 우르르 소리를 내며 달리고 있는 모습이 인상적이었다. 시미스터 씨는 거대한 초록색 로터리가 나왔을 때 거기서 다섯 번째 출구로 빠져나왔고 이는 나를 안심시켰다. "그렇게 멀지 않아요."

"아, 좋네요." 내가 대꾸했다. 뭐든 대꾸를 해야 했다.

"여행은 별로 좋아하지 않으시나 봐요?" 시미스터 씨가 걱정스러운 듯 말했다.

"그동안 좀 아팠어요. 지난주에요." 내가 말했다.

"편찮으셨다니 유감이네요."

그는 정말 유감스러워 보였다. 어쩌면 내가 자신의 개 담요에 토할지도 모른다고 생각했을 것이다.

나는 일부러 그를 외면하고 도시를 바라봤다. 쭉 뻗은 넓고 혼잡한 도로변에 진짜 가게들은 하나도 없고 유리창에 철제 셔터를 내린 소규모 사업체들만 보였다. 그 회사들의 위층에 있는 얼룩진 창문에는 택시 택시 택시라고 적힌 네온 컬러의 현수막들이 붙어 있었다. 자유 기업의 지역이란 느낌이 들었다. 프리랜서 빚 수금 대행업자들, 퇴폐 안마 시술소들, 카센터들과 돈 세탁 업자들, 더러운 숙소들을 이중 삼중으로 세를 놓는 중개인들, 마이애미나 방콕행 저가 항공권을 판매하는 회사들, 근친 교배한 테리어 개들이 으르렁거리고 행복한 새 주인들을 만나기 위해 급하게 도색된 차들이 세워져 있는 철조망을 둘러친 마당들. "여기예요." 시미스터 씨가 차를 세웠다. "저도 같이 들어갈까요?"

"그럴 필요 없어요." 내가 말했다. 나는 주위를 둘러봤다 외따로 뚝 떨어진 곳이었고, 근처에는 차들만 요란한 소리를 내며 달렸다. 시미스터 씨가 말한 것처럼 이제 비가 내리고 있었다.

"6시 30분인가요?" 내가 물었다.

"맞습니다. 씻고 몸단장을 하시기에 넉넉한 시간이죠. 아, 그건 그렇고, 우리 문학회가 이름을 바꿨어요. 북 그룹으로요. 어떻게 생각하세요? 회원들이 자꾸 죽어서 회원 수가 주네요."

"죽었다고요? 회원들이 죽어요?"

"네, 그렇습니다. 우린 젊은 회원을 늘리고 있어요. 정말 그 가방 안 들어 드려도 되겠습니까?"

———————

에클레스 하우스는 사진에 나온 그대로는 아니었다. 도로에서 뒤로 물러나 있는 그곳은 마치 주차장에서 확장된 건물 같았다. 뒤죽박죽 이중 주차된 차들은 인도 가장자리까지 가득했다. 한때 어느 고위 인사의 저택이었지만 회칠을 했나 보다 하고 생각했던 건물 앞쪽 벽이 사실은 어떤 재료를 풀로 붙여 놓은 것이었다. 그것은 회색기가 도는 흰색으로 여기저기 주름이 잡혀 마치 반으로 쪼개진 뇌나 거인이 씹다 버린 누가바처럼 보였다.

나는 계단 위에 서서 시미스터 씨가 차들이 달리는 곳으로 조금씩 나가는 모습을 지켜봤다. 비가 더 세게 쏟아졌다. 도로 맞은편에 카펫 가게가 있었는데 그 가게 정면에 "방만 한 크기의 카펫 자투리들"이라고 페인트로 적은 현수막이 걸려 있었다. 지퍼를 끝까지 올린 방수복을 입은 우울한 표정의 소년이 가게 문을 닫으려고 자물쇠를 채우는 중이었다. 나는 도로 이쪽저쪽을 살펴봤다. 그들이 내 저녁으로 뭘 준비해 놨을지 궁금했다. 대개 이런 저녁이면 나는 기다리는 전화가 있다거나 속이 안 좋다는 식으로 핑계를 대고 "저녁이나 같이 좀 드시자는" 제안을 사양하는 편이다. 행사를 주최한 측과 보내는 시간을 단 일 분이라도 더 늘리고 싶지 않다. 사실 쉽게 긴장을 하는 편도 아니고 100명 정도 되는 사람들을 앞에 놓고 이야기를 한다고 해서 불안해하는 성격도 아니지만, 그런 행사를 치른 후에 예의상 나누는 한담이 피곤하고, 번득이는 익살이나 '책에 대한 수다'가 경첩에서 나는 삐걱거리는 소리처럼 신경에 거슬린다.

그래서 행사가 끝나면 슬쩍 빠져나갔고, 내가 먹을 저녁 식사를 남겨 두라고 호텔에 말해 무시 못했을 때는 밖에 나가서 큰길 끝에 자리한, 반쯤 비어 있는 작고 어두운 레스토랑을 하나 찾아서 파스타나 서대기 요리에, 맛없는 와인 반병에, 디젤 오일 같은 에스프레소에, 스트레가*를 한 잔 정도 마셨다. 그럼 오늘 밤은? 주최 측이 어떤 준비를 해 뒀든 그대로 따라야 할 것이다. 카펫이나 '개인적인 서비스'를 먹을 수도 없는 노릇이고, 마약 판매상의 개에게 뼈다귀를 하나 달라고 간청할 수도 없으니까.

비가 와서 납작하게 달라붙은 머리로 호텔에 들어가자 여행객들이 뿜어내는 악취가 곧바로 공격해 왔다. 순간 레스터에 갔던 기억이 떠올랐다. 하지만 이 에클레스 하우스는 레스터와는 다른, 자기만의 숨 막히는 분위기가 있었다. 나는 서서 공기를

---

* 오렌지 맛이 나는 이탈리아산 술.

들이마셨다. 인간이라면 어쩔 수 없이 숨을 쉬어야 하니까. 1만 대의 담배 타르 냄새, 1만 개의 아침 식사에서 나오는 기름 냄새, 1000개의 면도 자국에서 스며 나온 금속 냄새, 밤에 뿜어져 나오는 마로니에 열매의 향기. 수십 년 동안 근절하지 못했던 다양한 냄새가 축 늘어진 친츠◆ 커튼과 좁은 계단 위에 깔린 주홍색 카펫 속으로 파고들었다.

순간 눈 가장자리에서 내 수호천사가 또 번득이는 게 느껴졌다. 수호천사가 불러온 편두통이 곧 전신을 관통하는 현기증으로 이어졌다. 나는 힘이 빠져 벽지를 바른 벽에 손을 짚었다.

프런트도 없고, 체크인을 할 만한 곳도 없었다. 아무래도 그럴 만한 의미가 없는 곳인 모양이었다. 이런 곳에 본명을 대고 묵을 사람이 누가 있겠는가? 그러고 보니 나도 실명으로 여행한 적이 없다. 가끔은 나도 이혼으로 인해 되찾은 성, 은행 구좌 명의들, 내 초기 소설들을 발표했을 때 쓴 필명이 모두 섞여서 헷갈릴 때가 있었다. 그 필명은 마침 내 할머니들 중 한 분의 이름이었다. 작가가 되려고 이 업계에 뛰어들 때는 무슨 일이 일어나도,

---

◆　꽃무늬가 날염된 광택 나는 면직물.

어떤 상황에서도 변함없이 유지할 수 있고, 또 그럴 만한 이름 하나는 가지고 있어야 한다.

어딘가에서(문 너머, 그리고 또 다른 문 너머로) 남자 웃음소리가 터져 나왔다. 문이 홱 닫히면서 웃음소리는 쌕쌕거리는 소리를 남기며 사라져 갔는데, 그 소리 역시 공기 중에 또 다른 냄새처럼 길게 흔적을 남겼다. 그때 어떤 손 하나가 내 가방을 향해 뻗어 왔다. 고개를 숙이니 작은 소녀가 보였다. 십 대 후반으로 체구가 아주 작고 등이 굽은 소녀가 내 가방을 들고 자기 허벅지에 대고 쿵쿵 치고 있었다.

소녀는 고개를 들어 미소 지었다. 누런 얼굴이 야생 동물 같은 다정한 분위기를 풍겼다. 소녀의 눈은 길고 검었고, 입은 팽팽하게 당겨진 활 같았고, 콧구멍은 위로 들린 게 마치 바람의 냄새를 맡고 있는 것 같았다. 목은 그녀를 벌주려는 거대한 손이 잡고 들어 올린 것처럼 오른쪽 근육이 수축돼 전체적으로 뒤틀려 보였다. 체구는 아주 작은 데다 휘어져서 한쪽 엉덩이가 앞으로 툭 튀어나왔고, 다리 한쪽이 절름발이라 발을 질질 끌었다. 나는 소녀가 내게서 멀어져 내 가방을 끌고 계단을 향해 가는 모습을 바라봤다.

"내가 들게요." 나는 현재 작업 중인 원고 노트만이 아니라 현재 같이 사는 내 동반자가 내가 집을 비운 동안 읽는 걸 원치 않는 일기와 A4 스프링 노트에 적은 과거의 일기들까지 가지고 다닌다. 나는 이러다 여행 중에 죽으면 무슨 일이 벌어질지 신중하게 생각해 본다. 아마도 조잡한 산문과 구두점을 제대로 찍지 않은 연구 노트들이 높이 쌓여 있는 책상이 남겠지. 그래서 내 가방은 작지만 아주 무거웠다. 나는 소녀를 따라잡으려고 서둘러 달려갔다. 나는 불쌍한 소녀의 손에서 가방을 뺏으려고 했다가 그 악취 나는 주홍색 카펫이 깔린 계단이 가파르게 위로 뻗은 데다, 조심하지 않으면 계단의 수직면이 발을 헛디딜 수 있을 만큼 깊다는 걸 깨달았다. 그렇게 가파르게 올라가던 계단이 홱 꺾이면서 첫 번째 층계참이 나왔다. "꼭대기까지 올라가요." 소녀가 말했다. 그녀는 어깨너머로 나를 돌아보면서 미소를 지었다. 그녀의 얼굴이 자기 뒤통수가 있던 거의 그 위치까지 끔찍한 각도로 돌아갔다. 소녀는 길이가 다른 두 다리의 균형을 맞출 수 있게 짜 맞춘 신발에 체중을 싣고 게처럼 옆 걸음을 치며 빠르게 2층으로 올라갔다.

소녀는 나를 놔두고 먼저 가 버렸다. 내가 2층 층계참에 도착했을 때는 도저히 그 아이와 경쟁이 되지 않았다. 3층을 향해 올라가기 시작했을 때 계단은 이제 사다리처럼 느껴졌고, 아까보다 더 꽉 막히고 텁텁한 냄새가 내 폐에 엉겼다. 또다시 수호천사의 섬광을 느꼈다. 숨이 차올라서 저절로 걸음이 멈춰졌다. "몇 개만 더 올라오면 돼요." 소녀가 이래를 보며 소리쳤다. 나는 소녀를 따라 비틀거리며 계단을 올라갔다.

어두운 층계참에서 소녀가 방문을 하나 열었다. 방은 좁고 길었다. 다락방이라고도 할 수 없고 그냥 복도의 일부를 막아 놓은 것에 불과했다. 내리닫이창이 하나 있었는데 덜걱거렸고, 갈색 덮개를 씌운 축 늘어진 다이븐 베드*와 등받이에 플러시 천을 씌우고 단추를 박아 넣은 작은 갈색 의자가 있었다. 그 의자를 보자마자 단추 하나하나마다 배꼽에 낀 때처럼 주위에 회색 먼지가 허옇게 쌓인 게 눈에 들어왔다. 그 생각 때문에, 그리고 계단을 올라오느라 힘들어서 속이 메스꺼웠다. 소녀가 나를 향해 돌아서서 고개를 흔들며 미심쩍은 표정으로 바라봤다. 방구석에 누렇게 변한 작은 플라스틱 전기 주전자가 놓인 플라스틱

● 　두꺼운 받침대와 매트리스로 된 침대.

쟁반이 있었다. 누렇게 된 밀 이삭 그림이 그 플라스틱 쟁반을 장식하고 있었다. 컵도 하나 있었다.

"이건 다 공짜예요. 호텔에서 제공하는 거예요. 숙박비에 포함돼 있어요." 소녀가 말했다.

나는 미소를 지었다. 동시에 마치 누군가가 내 목에 훈장을 달아 주는 것처럼 겸손하게 고개를 기울였다.

"숙박비에 다 포함돼 있어요. 차를 타 드셔도 돼요. 보세요." 소녀는 차 가루가 든 작은 봉지를 들어 올렸다. "아니면 커피를 드셔도 되고."

내 가방은 아직도 소녀의 손에 들려 있었다. 고개를 숙이니 소녀의 손이 크고 남자 손처럼 굵게 마디진 데다 제대로 돌보지 않은 듯 작게 베인 자국들로 덮여 있는 게 보였다.

"방이 마음에 안 드시는구나." 소녀가 속삭였다. 그녀는 머리를 푹 수그렸다.

그건 체념이 아니라 그녀의 의지를 보여 주는 몸짓이었다. 소녀는 방을 나가서 층계를 향해 돌진했다. 윙윙거리는 벌 떼들이 몰려가듯이 내가 미처 숨을 돌리기도 전에 힘찬 동작으로 내려가기 시작했다.

나는 소녀를 따라갔다. 내 목소리는 점점 잦아들었다. "아, 제발…… 아니, 그러진 말고……."

소녀는 거침없이 내려가서 층계참을 돌았다. 내가 따라가면서 손을 뻗었지만 그녀는 몸을 비틀어 내 손길을 피했다. 나는 길고 크고 거칠게 숨을 들이쉬었다. 다시 이 층계를 올라와야 한다면 굳이 내려가고 싶지 않았다. 그때는 내 심장에 문제가 있다는 걸 몰랐다. 올해 들어서야 비로소 알았다.

우리는 다시 1층으로 내려왔다. 소녀가 주머니에서 커다란 열쇠 꾸러미를 하나 꺼냈다. 또다시 극히 불쾌한 웃음소리가 보이지 않는 곳에서 들려왔다. 소녀가 문을 연 방은 이 웃음소리에서 너무 가까워 내가 평정을 유지할 수 없을 정도였다. 방 자체는 아까 봤던 방과 똑같았는데 다만 부엌 냄새가 배어 있었다. 옷장에 시체가 있는 것처럼 믿을 수 없게 달콤한 냄새였다. 소녀는 문지방 위에 내 가방을 내려놨다.

나는 오늘 아침 더블베드에서 기어 나온 후로 아주 긴 하루를 보낸 느낌이었다. 그 침대 반대편에 잠귀가 밝은 사람이 자고 있었는데 그는 아직도 가끔 낯선 사람처럼 느껴졌다. 나는 런던을 가로질러, 동쪽으로 여행을 와, 계단을 오르내렸다. 나는 정체 모르는 남자의 원기 왕성하고 맥주에 취한 것 같은 웃음소리와 너무 가까이 있다고 느껴졌다. "난 차라리   …." 내가 말했다. 나는 소녀에게 중간층에 있는 방을 보여 달라고 부탁하고 싶었다. 설마 모든 방이 다 찬 건 아니겠지? 내가 맘에 들지 않은 건 다른 방에 있는 사람들, 그들에 대한 생각이었고, 여기 1층에 있으면 바와도 너무 가깝고, 바깥문이 쾅쾅 소리를 내면서 열릴 때마다 비와 어스름과 우르르 소리를 내며 지나가는 차 소리가 들어올 테고……. 소녀는 내 가방을 다시 들었다. "아니에요……." 내가 말했다. "제발, 제발 그러지 말아요. 내가……."

하지만 소녀는 온몸을 흔들면서, 마치 오래된 짐처럼 한쪽 다리를 질질 끌면서 다시 계단을 향해 출발했다. 위쪽에서 소녀가 잠깐 숨을 고르는 소리가 들렸다. 소녀는 마치 혼잣말을 하듯이 말했다. "손님은 저 방이 더 안 좋다고 생각하는군."

나는 소녀가 처음에 골랐던 방으로 들어가 그녀를 따라잡았다. 소녀는 문에 기대어 섰다. 불편한 기색은 보이지 않았지만 한쪽 눈꺼풀이 경련을 일으키는 것처럼 파르르 떨렸고, 입술 가장자리는 위로 말려 올라가 이가 보였다. "여기가 괜찮겠어요."

내가 말했나. 계단을 올리오느라 애를 써서 내 갈비뼈도 급격히 오르락내리락하고 있었다. "방은 이제 그만 봅시다."

갑자기 메스꺼움이 밀려왔다. 편두통 천사가 내 어깨에 힘껏 기대면서 내 얼굴에 대고 트림을 했다. 나는 침대 위에 앉고 싶었다. 하지만 예의상 뭔가 해야 했다. 아이가 내 가방을 내려놨는데, 가방이 없으니 신체의 균형이 더 어긋나서 거대한 양손이 밑으로 축 늘어지고 발이 바닥을 슥슥 그었다. 어떻게 할까? 잠시 여기 머무르면서 차라도 한잔하라고 해? 아이에게 돈을 주고 싶었지만 이렇게 무거운 가방을 들고 층계를 오르락내리락하는 위업을 이뤄 낸 아이에게 적당한 보수가 얼마일지 생각도 할 수 없었고, 이곳을 나가기 전에 좀 더 신세를 질 것 같으니 아무래도 계산은 나중에 한꺼번에 하는 게 최선일 것 같았다.

시미스터 씨를 기다리며 문간에 서 있는 동안 나는 슬펐다. 콧물도 좀 났다. 시미스터 씨가 도착했을 때 나는 말했다. "내가 건초열이 있어요."

"사실 여기서 가까워요." 그가 말했다. 그리고 한동안 입을 다물고 있다가 말했다. "모임 장소 말입니다." 걸어갈 수 있다는 말을 하는 것이다. 나는 문간에서 뒷걸음질을 쳤다. "작가님의 질환을 고려해 보면." 그가 말했다. 나는 속으로 움츠러들었다. 이 사람이 어떻게 내 병을 알았지? "이렇게 비가 오는 밤이면 습기 때문에 꽃가루도 많지 않을 거라고 생각했습니다. 어느 정도는 말이죠." 그가 말했다.

강연은 나로서는 폐교라고밖에 묘사할 수 없는 장소에서 하게 됐다. 교실 복도들이 있었고, 벽에 걸린 윤이 반질반질 나는 상패들은 "1963년 케임브리지 대학, JK 롤링" 같은 글귀들이 적혀 있었다. 거기엔 광택제와 발 냄새 같은 학교 냄새가 남아 있었다. 하지만 현재 학교를 다니는 학생의 흔적은 전혀 없었다. 아마 학생들은 모두 언덕으로 도망쳐 버리고 여기 북 그룹이 차지했는지도 몰랐다.

비가 오는데도 북 그룹 회원들의 출석률은 높았다. 적어도 스무 명은 됐다. 그들은 요령껏 간격을 두고 긴 줄 여기저기에 넓게 흩어져 앉았다. 죽은 사람들이 늦게 올 경우에 대비해서. 몇 명은 사팔뜨기였고, 지팡이를 든 사람들도 있었고, 여자들을 포함해 수염을 기른 사람들도 많았고, 상대적으로 젊은 회원들(처음에 언뜻 보기에는 건강해 보였던 사람들마저도)도 눈이 흐릿하고 초

점이 맞지 않았으며, 앉아 있는 의자 밑에 불룩한 꾸러미들이 있었다. 나는 그걸 보자마자 그들이 쓴 공상 과학 소설이란 걸 알았다. 내가 그 원고를 가져가 읽고 논평을 써서 다시 그들에게 부쳐 주길 바라는 것이다. "물론 작가님이 편하실 때."

내게는 청중에게 냉정한 전문가처럼 보이는 나만의 방식이 있다. 나는 테이블 뒤에 자리를 잡고 앉아, 물을 한 모금 마시고, 가져온 노트를 휙휙 넘기면서, 내 손수건이 있는 위치를 확인하고, 고개를 들어, 방 안을 훑어보고, 이론상으로 사람들과 눈을 맞추려고 시도했다. 청중들 사이에 미소가 번졌다. 확신하건대 나는 분명 오스틴 마에스트로 밴의 뒤쪽에서 흔히 볼 수 있는, 고개를 끄덕이는 강아지처럼 보일 거다. 시미스터 씨가 일어났다. '일어났다'라는 말로는 그가 보여 준 인상적인 동작을 제대로 묘사하지 못할 것이다. "작가님이 지난주에 몸이 좋지 않으셨습니다. 유감스럽게도 건초열에 걸리셨다고 하시네요. 그러니 오늘 강연은 앉아서 하실 겁니다."

나는 필요 이상으로 엄청난 얼간이가 된 느낌이었다. 건초열이 있다고 앉아서 강의하는 사람이 어딨나? 하지만 절대 이 난감한 상황을 설명하지 않겠다고 생각했다. 나는 재빨리 수다를 시작해서, 가끔 농담도 하면서, 이 지역에 대해 꾸며 낸 이야기를 언급하기도 했다. 강연이 끝난 후 평상시에 하던 것처럼 질문을 받았다. 작가님이 처음으로 쓴 소설의 제목은 어디에서 나왔나요? 『정신병원에서 차 마시는 시간』의 끝부분에서 조이에게 무슨 일이 일어난 건가요? 과거를 돌아봤을 때 지금의 작가님이 있게끔 영향을 미친 사람은 누구였나요?(나는 평소 하던 대로 애매하게 사실은 존재하지도 않은 러시아인들의 명단을 읊었다.) 첫 번째 줄에 앉아 있던 남자가 큰 소리로 말했다. "뭣 때문에 전기를 쓰기로 하셨는지 여쭤 봐도 될까요? 작가님의 호칭을 양이라고 해야 하나요, 아니면 씨라고 해야 하나요?" 나는 항상 그렇듯이 힘 없는 미소를 지으며 제안했다. "절 로즈라고 부르시는 게 어때요?" 내 이름은 로즈가 아니기 때문에 사람들이 잠시 동요했다.

돌아오는 길에 시미스터 씨는 이 행사가 대성공이었다고 생각하며 회원들이 모두 고마워할 것이 분명하다고 말했다. 내 손은 공상 과학 몽상가들과 악수를 나눠 진득거리면서 차가웠고, 내 소맷자락에는 펠트펜 자국이 묻었고, 나는 시장했다.

"그나저나 작가님은 이미 식사를 하셨으리라 생각됩니다." 시미스터 씨가 말했다. 앉아 있던 나는 저절로 힘이 빠졌다. 그가 왜 그렇게 생각하는지 이유를 모르겠지만, 나는 즉시 북 그룹 회원들이 식탁보 밑에 도사리고 있거나 모자걸이에 박쥐처럼 거꾸로 걸린 식당에 그와 같이 가느니 차라리 굶자고 결심했다.

　나는 에클레스 하우스의 현관에 서서 몸을 흔들어 몸에 묻은 물방울들을 털었다. 구석구석에서 오래된 식용유 냄새가 났다. 그렇다면 저녁 식사가 끝난 것이리라, 감자튀김은 다 튀긴 걸까? 실내에는 내 머리 정도 높이에 연기가 맴돌았다. 계단 밑 그늘에서 그 작은 소녀가 갑자기 나타났다. 소녀가 나를 올려다봤다. "여기엔 여자 손님은 대개 안 오시는데." 소녀가 말했다. 소녀의 입에 비해 혀가 너무 크다는 사실을 깨달았다. 소녀는 신이 그녀를 만들 때 마른 손바닥을 비비고 있었던 양 말할 때 목소리에서 바스락거리는 소리가 났다.

　"여기서 뭐 하고 있는 거니? 왜 아직도 퇴근을 안 했어?" 내가 물었다.

　반쯤 열린 문 뒤에서 쨍강하는 소리가 나고, 병들이 서로 부딪치고 덜컹거리더니, 나무 상자가 바닥을 긁으며 질질 끌리는 소리가 들렸다. 일 초 뒤에 누군가 "웨블리 씨!" 하고 불렀다.

　또 다른 목소리가 외치는 게 들렸다. "이건 또 뭐야?" 조끼를 입은 키가 작고 지저분한 남자가 사무실에서 구르다시피 나오며 문을 열어 놔서 문 틈새로 무너질 것 같은 박스 파일 탑이 보였다. "아, 그 작가군!" 그가 말했다.

그를 부른 건 내가 아니었는데. 하지만 그는 날 보려고 잠시 홀에 머물렀다. 어쩌면 그는 로즈마운트를 정기적으로 방문하는 작가 손님들을 훔쳐야겠다는 생각을 했는지도 모른다. 그는 나를 빤히 보고, 내 주위를 한동안 걸어 다녔다. 사실상 손으로 내 소매를 만지는 것만 빼고 다 했다. 그는 발뒤꿈치를 들고 서서 내 얼굴에 자기 얼굴을 바짝 들이댔다.

"여긴 편안해요?" 그가 물었다.

나는 한 발자국 뒤로 물러섰다. 그러다 작은 소녀의 발을 밟았다. 내 뒤꿈치가 부드러운 살을 밟는 느낌이 들었다. 소녀는 내 발밑에서 움찔하며 꿈틀꿈틀 움직여 발을 빼냈다. 소리는 전혀 내지 않았다.

"루이스." 남자가 말했다. 그는 소녀를 빤히 보면서 군침을 삼켰다. "썩 꺼져." 남자가 말했다.

나는 위층으로 도망쳐 2층 층계참에 이르러서야 비로소 멈쳤다. 저녁에 일어난 모든 일이 무시무시하게 소름 끼쳤다. 얼굴이 안 보이는 남자와 웨블리라는 남자 모두 사악하고 징그럽게 느껴졌다. 그들이 서로 아는 사이일지도 모른다고 생각했다. 나는 아무도 없이 혼자 그 방에서 밤을 맞아야 하고, 그 똥색 자수용 무명실로 뜬 침대 커버 밑에 어떤 종류의 시트를 깔아 놨을지 봐야 한다. 잠시 나는 침대 커버 위로 올라가야 할지 아니면 그 밑으로 들어가야 할지 확신이 서지 않았다. 저녁을 먹지 않으면 잠이 오지 않을 것 같았지만 밖에는 비가 내렸고, 도심에서 몇 킬로미터 떨어져 달도 안 뜬 기묘한 마을에 있는 나는 지도도 없었다. 택시를 불러서 요기할 만한 곳에 데려다 달라고 할 수도 있다. 소설에 나온 사람들은 그렇게 하니까. 하지만 현실의 사람들은 절대로 그렇게 안 하지 않는다, 안 그런가?

나는 마음속으로 이 문제를 가지고 혼자 논쟁을 벌이면서 자, 자, 애니타 브루크너*라면 어떻게 했을까 하고 말하며 서 있었다. 그러다 내 위에서 뭔가 움직이는 걸 봤다. 실내에 떠도는 탁한 공기 속에서 뭔가 희미하게 움직이고 있었다. 내 왼쪽 눈이

●   영국의 소설가.

이제 제 기능을 못 하고 있었고 내 머리 왼쪽 세계에는 깔쭉깔쭉한 구멍들이 났다. 그래서 내가 제대로 보았는지 확인하려면 몸 전체를 돌려야 했다. 거기 그 어둠 속 계단 위쪽에서 작은 소녀기 나를 내려다보며 서 있었다. 하지만 어떻게? 내 약한 심장(아직 심장병이란 진단을 받지 못했던)이 덜컥 내려앉았다. 하지만 내 머리는 차분하게 말했다. 비상계단으로 왔나? 아니면 화물용 엘리베이터로?

소녀는 조용히 내려왔다. 밑창이 닳아서 신발이 바닥을 스치는 소리가 거의 나지 않았다. "루이스." 내가 말했다. 소녀가 내 팔에 손을 올렸다. 나를 향해 치켜든 얼굴이 어둠속에서 빛나는 것처럼 보였다. "그는 항상 그렇게 말해요. 썩 꺼져." 소녀가 중얼거렸다.

"친척이니?" 내가 물었다.

"아뇨, 아니에요." 소녀는 턱에 흐른 침을 닦았다.

"그런 사이 아니에요."

"넌 쉬는 시간도 없어?"

"없어요. 난 마지막으로 재떨이들을 비우고 바를 청소해야 해요. 사람들은 날 비웃어요, 남자들 말이에요. 넌 왜 남자 친구가 없니, 루이스? 이런 말을 해요. 나보고 엉덩이가 큼지막하다고 하고."

　　방에 들어온 나는 옷장 바깥쪽에 코트를 걸어 미리 떠날 준비를 해 뒀다. 이건 나를 격려하는 방법으로 베를린 호텔에서 익힌 요령이었다. 두 뺨에 벌겋게 열이 올랐다. 내가 받은 모욕들이 따갑게 뺨을 찌르는 걸 느낄 수 있었고, 날이면 날마다 듣는 킬킬거리는 소리들이 들리는 듯했다. 하지만 "엉덩이가 큼지막하다."라는 건 사소한 모욕 같았다, 다른 가능성을 고려해 보면…… 문득 이 소녀가 일종의 테스트라는 끔찍한 생각이 떠올랐다. 나는 교전 지역에서 이제 막 걸음마를 배우고 백선*에 걸린 채 폐허에서 시끄럽게 울어 대는 전쟁고아를 발견한 기자 같다. 그 아이에 대한 보도만 해야 하는 걸까. 아니면 아이를 안고 고국으로 몰래 데려와 영어를 가르치고 런던 인근에서 키워야 하는 걸까?

●　전염성 피부염.

그날 밤은 예상했던 대로 자동차 경보 장치 소리, 다른 객실들에서 틀어 놓은 라디오의 단편적인 소리, 멀리서 사슬에 묶인 짐승들이 으르렁거리는 소리로 가득했다. 나는 로즈마운트의 벽들이 내 주위에서 점점 희미해지고, 그곳의 퇴창들이 허공에서 녹아 사라지는 꿈을 꿨다. 한번은 반쯤 잠이 깨어 곰팡이가 핀 것 같은 침대보 밑에서 뒤척이다 가스 냄새가 났다는 생각이 들었다. 그러다 다시 잠이 들어 꿈에서 가스 냄새를 맡았다. 꿈속에서 북 그룹 회원들이 내 침대 밑에서 굴러 나와 낄낄거리며 내 방 창문들과 문을 그들의 찢어진 원고지로 틀어막고 있었다. 나는 숨이 턱 막혀서 잠이 깼다. 악취가 진동하는 공기 속에서 질문 하나가 맴돌았다. 뭣 때문에 전기를 쓰게 되신 겁니까. 그러고 보니 뭣 때문에 내가 거기에 손을 댄 걸까? 그럴 만한 계기가 있긴 했나?

새벽 6시 30분쯤 아래층으로 내려갔다. 날씨가 맑았다. 나는 속이 텅 빈 데다 불쾌한 마음이 극에 달해 있었다. 열린 문틈으로 햇빛에 데워진 마가린 같은 아침 햇살이 카펫을 비추었다.

얼른 빠져나가기 위해 언제나처럼 미리 예약해 놓은 택시가 밖에서 기다리고 있었다. 나는 웨블리 씨가 있는지 조심스럽게 수위를 둘러봤다. 벌써 실안개가 에클레스 하우스를 덮기 시작했다. 흡연자들의 기침 소리가 복도를 뒤흔들었고, 헛기침을 하며 가래를 뱉는 소리와 변기 내리는 소리가 들렸다.

뭔가가 내 팔꿈치를 건드렸다. 루이스가 아무 소리도 없이 내 옆에 와 있었다. 내 손에서 가방을 잡아챘다. "혼자서 내려오셨군요." 소녀가 속삭였다. 깜짝 놀란 얼굴이었다. "절 불렀어야죠. 부르시면 제가 왔을 텐데. 아침은 안 드시고 가세요?"

소녀는 음식을 거부하는 사람도 있다는 사실에 충격을 받은 목소리였다. 웨블리가 밥은 제대로 먹이는 걸까, 아니면 이 아이는 먹을 것을 찾아 쓰레기 더미를 뒤지는 걸까? 소녀는 눈을 들어 내 얼굴을 보다가 다시 고개를 숙였다. "제가 지금 막 여기 오지 않았더라면 당신은 가 버렸겠죠. 간다는 인사도 안 하고."

우리는 도로 경계석 위에 함께 서 있었다. 날씨는 포근했다. 택시 기사는 신문을 읽느라 고개도 들지 않았다.

"다시 올 건가요?" 루이스가 속삭였다.

"그럴 것 같지 않은데."

"제 말은 언젠가는."

나는 이 점은 결코 의심하지 않았다. 내가 만약 택시에 타라고 하면 그녀는 그렇게 했을 것이다. 우리는 그렇게 떠났을 것이다. 나는 당혹스럽고 미래를 두려워하는 마음을 안고, 그녀는 노란 얼굴로 신뢰와 광기 어린 눈을 반짝이며 내 눈을 바라보면서. 하지만 그다음엔? 나는 자문했다. 그다음엔 뭘 할 건데? 그리고 내게 그럴 권리가 있나? 그녀는 아무리 키가 작더라도 성인이다. 어딘가에 가족이 있다. 나는 그녀를 물끄러미 내려다봤다. 햇빛을 정면으로 받은 얼굴이 마치 차갑게 식은 차로 염색을 한 것처럼 군데군데 누르스름했다. 그녀의 넓적하고 매끄러운 이마에는 낡은 구리 동전 같은 크기와 색깔과 모양의 더 짙은 얼룩이 여기저기 있었다. 나는 울음이 터질 것 같았다. 그 대신에 가방에서 지갑을 꺼내, 속을 들여다보고, 20파운드 지폐 한 장을 집어, 그녀의 손에 찔러 줬다. "루이스, 이 돈으로 좋은 거 살래?"

나는 그녀의 얼굴을 보지 않았다. 그냥 택시에 타 버렸다. 편두통이 너무 심해서 내 왼쪽 세계는 순식간에 사라져 버리고 간간이 노란 섬광만 보였다. 텅 빈 위장과 내 공허한 윤리 의식 때문에 구역질이 났다. 하지만 택시가 천천히 달려서 기차역으로 다가갈 때쯤엔 달리 좋은 수가 없었기 때문에 냉소적인 생각도 조금 돌았다. 그리고 생각했다, 흠, 안토니아 수잔 바이어트●라면 확실히 나보다는 더 잘 대처했을 텐데. 다만 어떻게 대처했을지는 알 수 없었다.

역에 도착해 택시 기사에게 요금을 지불했을 때 지갑에 1파운드 50센트밖에 안 남은 걸 알았다. 기차역의 현금 인출기는 고장 나 있었다. 물론 내게는 신용카드가 있었고, 기차에서 차장이 카트를 밀고 다니며 음식을 팔았다면 아침을 사 먹을 수 있었을 것이다. 하지만 "마지막 칸에 식당차가 있다."라는 안내 방송이 나왔고, 기차가 역을 떠난 지 오 분이 지나 내 오른쪽에 한 소년이 앉았다. 시골에서 온 그 소년은 마분지 상자에 든 희끄무레한 고기를 먹느라 손가락이 기름으로 번들거렸다.

집에 도착했을 때 나는 내 가방을 증오라도 하듯이 구석에 집어 던지고 부엌에 섰다. 지난밤에 쓴 그릇들은 설거지가 안 돼 있었고, 사용한 와인 잔이 두 개인 걸 눈치챘다. 나는 통에 든 바싹 마른 치즈 크래커를 하나 먹었다. 다시 일을 시작하자, 나는

───────────────

● 영국의 소설가.

생각했다. 앉아서 타자를 치는 거야. 크래커를 하나 더 먹었다가는 배가 터져 죽을지도 모르잖아.

그다음 몇 주 동안 내 전기는 예상치 못했던 방향으로 진개됐다. 버지니아 이모와 멕시코인이 글에 상당히 많이 나왔다. 나는 버지니아 이모와 멕시코인이 같이 도망가는 이야기를 만들기 시작했고, 거기서 (그런고로) 내 전기의 주인공은 아예 태어나지 않았다. 나는 두 사람이 불륜을 저지르고 유리가 박살 나는 소리와 함께 재빨리 유럽을 횡단하는 모습을 볼 수 있었다. 온천 마을에 들를 때마다 샴페인을 모두 바닥냈고, 몬테카를로에서는 은행을 털었다. 나는 멕시코인이 그 돈을 가지고 고국으로 돌아가서 혁명에 성공했고 버지니아 이모는 일명 혁명의 여전사 같은 역할을 했다는 이야기를 만들어 냈다. 하지만 단순한 전사가 아니라 이사도라 덩컨처럼 춤으로써 혁명을 했다는 이야기였다. 그것은 내가 전에 쓴 소설하고는 아주 다른 이야기였다.

문학회 행사 때문에 동쪽으로 여행을 다녀온 지 석 달이 지난 그해 초가을에 나는 워털루 역에 있었다. 햄프셔에 있는 작은 도서관에 강연을 하러 가는 길이었다. 이제 영국 음식이라면 어디 음식이긴 탐탁치 않이 뭐라 할 말이 없었다. 내가 샌드위치 판매대에서 산 바게트를 앨턴까지 가져가려고 조심스럽게 들고 돌아섰을 때 키 큰 청년 하나가 나와 부딪치면서 손에 든 지갑이 날아가 버렸다.

지갑은 동전으로 가득 차서 불룩했고, 그 동전늘이 맹글맹글 돌면서 휙 날아가 다른 여행객들의 발치에 흩어지며 미끄러운 바닥 여기저기로 굴러갔다. 운이 좋았는지 유로스타에서 쏟아져 나오던 사람들이 웃으며, 재미 삼아 내 동전을 쫓아가 주워 줬다. 아마도 그들은 이게 역 구걸이거나 펄리 킹스*같은 일종의 런던 풍습이라고 생각한 모양이었다. 한 청년은 유럽인들의 발 사이로 재빨리 움직여 마침내 동전들을 한 주먹 모아 활짝 미소를 지으며 내 지갑에 다시 넣어 줬다. 그리고 잠시 나를 안심시키려고 내 손을 꽉 잡았다. 놀란 나는 고개를 들어 얼굴을 바라봤다. 그의 눈은 크고 파란 데다 태도는 수줍어하면서도 자신만만했다. 키는 182센티미터 정도, 옅은 구릿빛 피부에 체격이 탄탄하면서도 아주 부드럽고 공손했다. 입고 있는 쪽빛 리넨 재킷은

---

* 자선을 하기 위해 길바닥에 떨어진 인조 진주 단추들을 쓸어 담았던 사람.

세련되게 구김이 가 있었고, 셔츠는 눈이 부시게 희었다. 전체적으로 아주 깔끔하고, 상냥하고, 멋져서 나는 그가 미국인이 틀림없고 나를 어떤 사이비 종교 신자로 개종시키려 하는 게 아닐까 두려워서 뒤로 물러나고 말았다.

도서관에 도착했을 때 의욕적인 수의 의자들(처음에 세어 봤을 때는 열다섯 개였다.)이 반원 모양으로 배치돼 있었다. 의자 대부분이 찼다. 이거야말로 조용한 승리가 아닐까? 강연에서 나는 자동 조종 장치처럼 평소대로 연기를 했지만 내가 영향을 받은 인물들에 대한 질문이 나왔을 때 살짝 미쳐서 페르난두 페소아◆를 훨씬 능가하는 포르투갈 작가를 만들어 냈다. 그 멋진 청년이 계속 내 머릿속으로 쳐들어왔고, 한 번쯤 인생에 변화를 주기 위해 그런 멋진 남자와 자 보고 싶다는 생각을 했다. 누구나 변화를 누릴 만한 권리가 있지 않나? 하지만 그 청년은 나와는 다른 부류이자 차원이 다른 사람이었다. 밤이 깊어 가면서 온몸의 뼈들 사이로 바람이 휙휙 소리를 내며 부는 것처럼 오한이 나고 한데 서 있는 느낌이 들었다.

◆　포르투갈의 시인.

나는 그만하면 깨끗한 방의 그만하면 괜찮은 침대에 한동
안 앉아, 내가 쓴 『한밤의 오른쪽』을 읽으며 책의 여백에다 주석
을 달면서, 내가 왜 대중이 이 소설을 좋아할 거라고 생각했는지
의아해했다. 울퉁불퉁한 베개에 댄 뺨이 달아오르고 흔히 경험
하는 실패의 이미지가 떠올랐다. 그러나 새벽 3시쯤 설핏 잠이
들었던 모양이다.

아무 꿈도 꾸지 않고 상쾌한 기분으로 깼다. 사과주 같은 새
벽이었고 공기는 짜릿하게 날이 서 있었다. 침대 밖으로 나온 나
는 누군가 샤워실을 박박 문질러 닦아 놓은 걸 보고 무척 기뻤
다. 나는 그 안에 발을 들여놓을 수 있었고, 그렇게 했다. 차가우
면서도 부드러운 물이 내 두피 위로 흘러내렸다. 내 눈이 번쩍 뜨
였다. 이게 뭐지? 전환점인가?

나는 8시에 사람들로 북적거리는 기차를 탔고, 내 손가락
은 벌써 노트를 찾아 움찔거리고 있었다. 기차가 막 역을 출발했
을 때 활짝 미소를 지은 젊은 남자 승무원이 복도를 따라 음식
을 잔뜩 실은 카트를 끌고 왔다. 거대한 쿠키, 셀로판지로 싼 골
든 토스트 크런치를 보면서 내 주위의 남자들이 그를 향해《파
이낸셜 타임스》를 펄럭거리고 손가락으로 가리키며 신이 나서

떠들어 댔다. "차 드릴까요?" 승무원이 외쳤다. "감사합니다, 선생님! 작은 컵으로 드릴까요, 아니면 큰 컵으로 드릴까요?"

큰 컵이라고 별다를 것 없이 똑같은 차에 물만 더 붓는 걸 알아챘지만 나도 그 친밀한 분위기에 휩쓸렸다. 나는 지갑을 꺼내 열었다가 20파운드 지폐들이 여왕의 머리가 위쪽으로 향하게 차곡차곡 꽂혀 있는 걸 보고 놀랐다. 원래 내가 생각했던 것보다 지폐가 한 장 더 있었나? 나는 얼굴을 찡그리며 손가락으로 지폐 가장자리를 획획 넘겼다. 집에서 나올 때 80파운드가 있었는데 100파운드를 가지고 돌아가게 된 것 같았다. 나는 어리둥절했지만(승무원이 내게 큰 컵을 건네는 동안) 그것도 한순간이었다. 나는 눈부신 미소를 짓던, 금발이 군데군데 섞인 잿빛 머리의 청년을 기억해 냈다. 탄력이 넘치던 탄탄하고 완벽한 피부와 내 손을 쥐던 그의 우아한 손도. 나는 지폐들을 다시 지갑 속으로 밀어 넣고, 지갑을 가방에 넣고, 생각했다. 그는 나의 어떤 결함을 제일 먼저 알아챘을까?

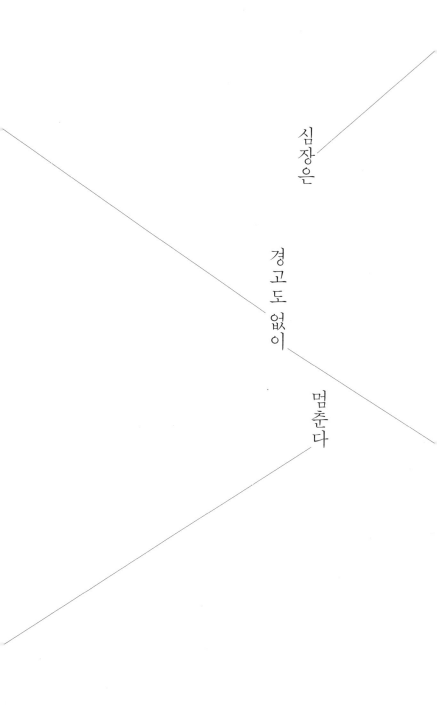

심장은

경고도 없이

멈춘다

9월. 그녀가 처음 체중이 줄기 시작했을 때 여동생은 말했다. 난 상관없어. 언니가 줄어들수록 난 더 좋아, 동생이 말했다. 모르나의 얼굴과 가냘픈 허리께에 솜털이 나기 시작했을 때 롤라는 불평하기 시작했다. 털은 안 돼, 롤라가 말했다. 이 방은 여자들의 방이지 개집이 아니란 말이야.

롤라의 불만은 모르나가 자기보다 먼저 태어나서 이미 삼년 치 공기를 마셨고, 롤라는 점할 수 없는 세상의 한 자리를 차지하고 있다는 사실이었다. 롤라는 언니가 악을 쓰고 울면서 끝도 없이 바라고 바라고, 달라고 달라고 투정하는 사이에 자신이 태어났다고 믿었다.

이제 모르나는 동생이 언니에게 사라지라고 주문이라도 건 것처럼 서서히 줄어들고 있었다. 롤리는 모르나 언니가 항상 그렇게 욕심이 많지 않았더라면 이렇게 되진 않았을 거라고 말했다. 모르나는 모든 걸 원했다.

두 소녀의 엄마가 말했다. "넌 아무것도 몰라, 롤라. 모르나는 욕심이 많지 않아. 모르나는 항상 먹을 때 가리는 게 많았단 말이다."

"가린다고?" 롤라가 얼굴을 찌푸렸다. 모르나는 먹은 게 마음에 안 들면 침을 질질 흘리며 토해서 감정을 표현했다.

학군 때문에 아주 작은 집에 사느라 자매는 방을 같이 써야 했다. "2층 침대를 쓰던가 아니면 GCSE*를 치든가 해!" 엄마가 말했다. 엄마는 스스로도 혼란스러워서 말을 하다 멈췄다. 엄마는 종종 자신의 의도와는 완전히 다른 말을 했지만 식구들은 거기에 익숙했다. 갱년기 초기 증상이라고 모르나가 말했다. "내 말이 무슨 뜻인지 너희도 알잖아." 엄마가 그들을 설득하려 했다. "우리는 너희들의 장래를 위해 이 집에 사는 거야. 지금은 우리 모두 희생하고 있지만 나중에 결실을 거두게 될 거야. 매일 아

● 　중등 교육 자격 검정 시험.

침 멋진 자기만의 방에서 일어난 여자아이들이 화장실에서 강간을 당하고 비행 청소년들이나 드글거리는 그런 학교에 가는 건 의미가 없잖니."

"그런 일이 일어나긴 해? 그런 일이 일어났다는 건 나도 모르는 일인데." 롤라가 말했다.

"엄마가 과장하는 거야." 아버지가 말했다. 좀체 입을 열지 않는 아버지가 그런 식으로 말해서 롤라는 화들짝 놀랐다.

"하지만 내가 무슨 말 하는지 넌 알잖아." 엄마가 말했다. "난 그 아이들이 오후 2시에 집에 오는 걸 봤다. 학교에선 도무지 그 아이들을 데리고 있지 못하는 거야. 그 아이들은 피어싱을 하고. 마약도 하고. 인터넷 왕따도 있잖니."

"그건 우리 학교에도 있어." 롤라가 말했다.

"왕따는 없는 데가 없지. 그래서 인터넷을 가까이하지 말아야 하는 거야. 롤라, 내가 하는 말 지금 듣고 있는 거냐?" 아버지가 말했다.

자매는 모르나가 보고 싶어 하는 사이트들 때문에 이제 방에 컴퓨터를 들여놓지 못하게 됐다. 머리 위로 두 팔을 쭉 뻗어 십자가에 매달린 예수와 같은 자세를 취한 소녀들의 사진이 가

늑한 사이트였다. 그 소녀들의 갈비뼈는 마치 오븐 선반에 푹 팬 홈처럼 널찍널찍하게 벌어져 있었다. 이 사이트들은 모르나에게 굶는 법과 징그러워지지 않는 법에 대해 조언했다. 빵, 버터, 달걀 같은 음식은 모두 역겹다. 하루에 풋사과 하나나 채소 이파리 하나는 먹어도 된다는 식이었다. 사과는 반드시 덜 익은 초록색이어야 하고, 이파리는 반드시 써야 했다.

"내가 보기에 문제는 간단해. 음식을 먹으면 기운이 나는 거야. 쟤는 저 입을 벌리고 음식을 넣은 다음에 삼키면 돼. 쟤가 먹지 못한다는 말 따윈 하지 마. 그건 먹지 않겠다는 의지의 문제야." 아버지가 말했다.

롤라는 식기 건조대에 있는 달걀 전용 숟가락을 하나 집어서 마치 마이크라도 되는 것처럼 아버지의 코밑에 갖다 댔다. "알았어요. 그거 말고 또 하고 싶은 말 있어요?"

아버지가 말했다. "네가 그렇게 바늘처럼 비쩍 마르면 절대 남자 친구는 안 생길 거다." 모르나가 남자 친구는 갖고 싶지 않다고 하자 아버지가 소리를 질렀다. "네가 열일곱 살이 돼도 그런 소리를 하나 보자."

내가 열일곱 살이 되는 일은 결코 없을 거야, 모르나가 말했다.

9월. 롤라는 언니와 같이 쓰는 방의 카펫을 갈아 달라고 했다. "마루를 깔 수도 있지 않을까? 언니가 토하고 난 후에 청소하기도 더 쉽고?"

엄마가 말했다. "바보 같은 말 하지 마." 그리고 서둘러 덧붙였다. "모르나는 화장실에서 토하잖아. 그렇지 않니? 주로 화장실에서 그러지? 물론 전처럼 그 정도는 아니지." 그들은 그렇게 믿어야 했다. 모르나가 나아지고 있다고. 밤이면 엄마와 아빠가 서로에게 하는 말을 들을 수 있었다. 롤라는 잠도 안 자고 눈을 말똥말똥 뜬 채 엄마와 아빠가 닫힌 침실 문 너머에서 단조로운 목소리로 주고받는 이야기를 듣는다.

롤라가 말했다. "새 카펫도 어렵고 마루도 안 된다면 내가 뭘 가질 수 있는데? 개 키워도 돼?"

"넌 너무 이기적이야, 롤라. 어떻게 이런 상황에서 애완동물을 들일 수 있겠어?" 엄마가 소리를 질렀다.

모르나가 말했다. "내가 죽으면 숲속에 묻히고 싶어. 거기다 나무를 심어 놓고 나무가 자라면 네가 보러 올 수도 있잖아."

"그래. 맞아. 내가 개를 데려갈게." 롤리가 말했다.

9월. 롤라가 말했다. "유일한 문제는 언니가 너무 작아져서 이제 언니 옷을 훔칠 수 없다는 거야. 이게 언니를 짜증 나게 만드는 주된 방법이었는데 다른 방법을 찾아야 하잖아."

일 년 내내 모르나는 어깨, 팔꿈치, 엉덩이를 가구에 부딪치지 않기 위해, 그리고 거리에서 사람들에게 손가락질을 당하지 않도록 어느 정도 살집이 있어 보이려고 모직 소재의 옷을 입고 다녔다. 게다가 모르나는 7월에도 추웠다. 그녀에겐 겨울이 일찍 왔고, 밖에선 햇빛이 비쳐도 옷을 계속 껴입었다. 체중을 재려고 저울 위에 올라갔을 때 모르나는 평범하게 옷을 입은 것처럼 보이지만 사실 체중이 더 나가도록 많이 입었다. 모르나는 팬티스타킹을 신고 그 위에 하나를 더 신었다. 1그램 1그램이 중요하다고 롤라에게 말했다. 모르나는 매일 체중을 재야 했다. 엄마가 매일 그러라고 시켰다. 엄마는 예고 없이 기습적으로 검사하려고 했지만 모르나는 항상 엄마가 체중을 재려고 할 때를 기가 막히게 알아챘다.

롤라는 언니가 저울 위에 올라가기 전에 언니가 입은 카디건을 엄마가 잡아당겨 벗기려고 하는 모습을 지켜봤다. 엄마와 언니는 놀이터에 있는 두 아이처럼 드잡이를 했다. 롤라가 그 광경을 보면서 큰 소리로 웃었다. 엄마는 모르나의 소매를 잡아당기고 모르나는 마치 엄마가 자신의 살을 잡아당기는 것처럼 "아, 아!" 하고 소리를 질렀다. 롤라는 언니의 피부가 탄력 없이 축 늘어져 있는 걸 봤다. 뼈만 남은 몸에 피부는 작년 교복처럼 너무 커 보였다. 하지만 그건 상관없었다. 학교에서 모르나에게 이번 학기에는 등교하지 말라고 확실히 밝혔다. 모르나가 고비를 넘기기 전까지는, 정상 체중으로 돌아오기 전까지는 학교에 나올 수 없다고 했다. 학교에서는 아이들끼리 경쟁하는 분위기가 워낙 심해서 소녀들이 모르나와 경쟁하기로 결심한다면 여러 아이들이 죽을 수도 있다고 했다.

체중을 재면 모르나는 방으로 돌아와 롤라가 아래층 침대에 쭈그리고 앉아 언니를 지켜보는 동안 옷을 하나씩 벗었다. 모르나는 거울 앞에 옆으로 비스듬하게 서서 갈비뼈를 동그랗게 구부린 채 거울을 바라봤다. 갈비뼈를 하나하나 셀 수 있어, 모르나가 말했다. 체중을 잰 후에 모르나는 자기 몸매가 달라지지 않았다는 확인을 해야 했다. 엄마가 그 방에 긴 거울을 갖다 놨다. 기울에 비친 자기 모습을 보면 모르나가 수치스러워할 거라고 생각했기 때문이었지만 사실 그 반대였다.

10월. 조간신문에 해골 사진이 실렸다. "아, 이것 좀 봐. 언니 친척이 나왔네." 롤라가 말했다. 롤라는 아침 식사가 차려진 식탁 너머에 앉은 모르나에게 신문을 밀었다. 모르나는 숟가락으로 시리얼을 쿡쿡 찌르면서 빨리 우유에 녹도록 재촉하고 있었다. "이거 봐, 엄마! 사람들이 인류 최초의 여자를 파냈어."

"어디서?" 모르나가 물었다. 롤라는 입속에 음식이 가득 든 채 큰 소리로 읽었다. "아르디는 키가 121센티미터다. 아르디는 아르디피테쿠스를 줄여서 부르는 이름이다. 줄였다네!" 롤라가 자신이 한 농담에 캑캑거리자 코로 주스가 흘러나왔다. "아르디는 새롭게 발견됐대. '아르디의 뇌는 침팬지의 뇌만 한 크기다.' 이건 언니랑 똑같네, 모르나. '아르디는 체중이 50킬로그램 정도 나간다.' 내 생각에 이건 아르디가 뼈만 있을 때가 아니라 털옷까지 다 입었을 때 그 정도 나갔다는 소리 같은데."

"입 다물어, 롤라." 아버지가 말했다. 그리고 일어나서 먹던 아침을 그대로 내버려 둔 채 휴대 전화를 들고 나가 버렸다. 아버지가 쓰던 더러운 나이프가 접시 위에 떨어져 비딱하게 걸쳐진 채 마치 나침반 바늘처럼 덜거덕 소리를 내며 흔들리다 멈췄다. 아버지는 항상 그들의 삶에서 그림자에 지나지 않았다. 아버지는 자나 깨나 식구들을 먹여 살리고 집과 차 융자금 걱정을 하느라 여념이 없는데 모르나가 걱정하는 거라곤 그 빌어먹을 몸매뿐이라고 했다.

롤라는 나가는 아버지를 눈으로 쫓다가 다시 최초의 여자 기사로 눈길을 돌렸다. "'아르디의 치아를 보면 주로 무화과를 먹었다는 걸 알 수 있다. 아르디는 또한 나뭇잎과 작은 포유동물들도 먹었다.' 웩, 이거 믿을 수 있는 거야?"

"롤라, 토스트나 먹어." 엄마가 말했다.

"롤라의 시신은 부분부분 흩어져서 발견됐대. 먼저 이빨이 하나 나왔다는데. '화석을 찾아다니는 사람들이 1992년에 이 인종을 처음 봤다.' 그건 우리가 모르나 언니를 처음 보기 직전이잖아."

"누가 그 여자를 발견했어?" 모르나가 말했다.

"발견한 사람들이 많아. 기사에 사람들이라고 나왔어. '마흔일곱 명의 연구자들이 십오 년간 작업했다.'"

모르나를 보면서 엄마가 말했다. "너도 내가 십오 년 동안 키웠어. 거의 그 정도 됐지. 그것도 나 혼자서 말이다."

"아르디는 직립 보행을 할 수 있었다." 롤라가 읽었다. "언니 너도 그렇잖아. 언니 뼈가 부서지기 전까지는 그렇겠지. 언니 넌 할머니처럼 보일 거야." 롤라는 입에 토스트를 쑤셔 넣었다. "그렇지만 400만 살은 아니고."

11월. 어느 날 아침 엄마는 모르나가 체중을 재기 전에 물 한 주전자를 마시는 현장을 잡았다. 엄마가 소리를 꽥 질렀다. "그러면 뇌가 퉁퉁 부을 수 있어! 그러다 죽을 수도 있다고!" 엄마가 손으로 꽉 쳐서 물병이 침실 바닥에 떨어져 산산조각이 났다.

엄마가 말했다. "아, 앞으로 칠 년 동안 재수가 없겠구나. 아니, 잠깐. 그건 거울이었지."

모르나는 손등으로 입을 닦았다. 손등에 뼈가 도드라져 있었다. 모르나 언니는 과학 수업 과제물 같다고 롤라는 마음속으로 생각했다. 머지않아 언니에게서 인간적인 특징은 하나도 안 남고 다 사라질 거야. 언니는 그냥 줄어들어서 생물이 될 거야.

집안 식구들 모두가 지금 몇 달째, 아니 일 년 동안 서로를 속이고 있었다. 엄마는 모르나에게 스크램블드에그를 만들어 주면서 그 속에 더블 크림을 한 숟가락 넣는다. 모르나가 입원했던 병동에서는 모르나가 먹는 흰 빵 샌드위치에 버터를 두껍게 바르고 고무 같은 노란 치즈를 겹겹이 쑤셔 넣었다. 모르나는 샌드위치 앞에 앉아서, 몇 시간 동안, 샌드위치를 손바닥으로 꾹꾹 눌러 그 기름기 많은 지방이 접시로 스며 나오게 하려고 애를 썼다. 병원에서 모르나에게 말했다. 조금이라도 먹어 봐, 모르나. 모르나는 이렇게 말했다. 차라리 죽을래요.

모르나는 체중이 일정 비율로 떨어지면 다시 병원으로 돌아가야 한다. 병원에서는 모르나가 먹을 때까지 옆에서 지켜보고 서 있는다. 식사는 때를 맞춰서 정확히 끝내야 했고, 그러지 않으면 벌을 받았다. 병원 직원이 모르나가 음식을 옷 사이로 숨겨 넣지 않는지 확인했으며, 사실상 옷 사이사이도 엄격하게 감시했다. 욕실마다 감시 카메라가 있었다. 모르나는 그렇게 말했다. 모르나가 일부러 토하려고 하면 그 카메라로 볼 거라고 했다. 그다음에 그들은 모르나를 침대에 눕혀 뒀다. 모르나는 병원에서 너무나 오랫동안 누워 지냈기 때문에 집에 왔을 때는 쓰지 않은 다리가 하얗게 변해 있었다.

강렬한 이상을 품고 있는, 스코틀랜드 의사이자 그 과의 창립자는 소녀들에게 정원에 작은 땅을 나눠 주고 거기다 채소를 키워 보라고 했다. 언젠가 모르나는 굶주린 소녀가 덜 자란 완두콩을 꼬투리까지 다 먹는 걸 봤다. 그 소녀가 갈라진 입술을 벌리는 모습과 초록색의 다정한 미소가 겹쳐졌다 입을 앙 다무는 모습을 보고 모르나는 감동받았다. 만약 병원 직원들이 그 모습을 봤더라면, 신의 비옥한 땅에서 나온 그 좋은 음식을 봤더라면 어땠을까, 모르나는 말했다.

하지만 가끔 소녀들은 잡초를 뽑기에 너무 약해서 자신의 텃밭에 고꾸라질 때도 있었다. 직원들은 그 소녀들을 안아 올리며 흙을 털어 냈다. 갈퀴와 괭이는 군대가 패한 후에 전장에 남겨진 무기들처럼 아무렇게나 방치됐다.

11월. 엄마가 슈퍼마켓에 주문한 배달이 도착하지 않아 투덜거리고 있었다. "내가 원하는 때에 맞춰서 두 시간 안에 배달된다고 했는데." 엄마는 냉동고를 열고 뒤지면서 말했다. "생선 파이를 만들려면 파슬리와 노란 해덕°이 필요한데."

롤라가 말했다. "그 파이는 모르나가 토해 놓은 것처럼 보일 거야."

엄마가 냅다 소리를 질렀다. "이 인정머리 없는 쪼그만 년." 엄마 주위에서 차가운 수증기가 피어올랐다. "너 때문에 우리 집이 이렇게 불행해진 거야."

롤라가 말했다. "아, 그러셔?"

지난밤에 롤라는 모르나가 2층 침대에서 슥 미끄러져 내려오는 걸 봤다. 그녀는 추위 속에서 덜덜 떠는 기둥 같았다. 따뜻한 피가 흐르는 인간이라면 돌아다니지 않을 시간이었기 때문에 중앙난방은 꺼져 있었다. 롤라는 덮고 있던 누비이불을 밀어내고, 일어나서, 모르나를 따라 어두운 층계참으로 갔다. 둘 다 맨발이었다. 모르나는 에드거 앨런 포가 쓴 이야기에 나오는 유령처럼 주름 장식을 단 잠옷을 입었다. 롤라는 낡은 미스터 맨 파자마를 입고 있었다. 8~9세용 잠옷이었는데 롤라는 이유 없이 그 옷에 애착을 가졌다. 하도 빨아서 이제 희미해진 미스터 레이지는 줄어든 윗도리에 희미하게 얼룩처럼 남았는데 그 미스터 레이지가 롤라의 동그랗고 작은 배 위로 올라가 입을 벌리고

● 대구와 비슷하지만 그보다 작은 바다 고기.

있었다. 파자마 바짓단은 롤라의 종아리 중간까지밖에 안 내려왔다. 허리 고무줄이 다 늘어나서 두 발짝 걸으면 허리춤을 잡고 추켜올려야 했다. 하늘엔 반달이 떠 있었다. 층계참에서 롤라는 마치 달처럼 그늘이 지고 달의 분화구처럼 창백한 얼굴이 홀쭉하니 팬 언니를 보았다. 모르나는 신비롭고도 멀리 떨어져 있는 것처럼 보였다. 모르나는 슈퍼마켓에 넣은 주문을 취소하려고 컴퓨터가 있는 아래층으로 내려가는 길이었다.

모르나는 아버지의 사무실에 들어가 아버지의 책상 의자에 앉았다. 맨발바닥을 카펫에 대고 의자 바퀴를 굴려 책상으로 다가갔다. 컴퓨터는 아버지가 작업용으로 쓰는 것이다. 두 자매는 이 점에 대해 경고를 받았고, 엄마는 펜과 종이만 가지고 GCSE 열 과목을 치렀다고 말했다. 자매는 부모의 감독 아래에서만 이 컴퓨터를 쓸 수 있었다. 공공 도서관 컴퓨터로는 인터넷에 들어가도 된다는 허락을 받았다.

모르나가 식품 주문 창을 화면에 띄웠다. 그리고 동생에게 입 모양으로만 말했다. "엄마에게 말하지 마."

엄마는 곧 진실을 알아낼 것이다. 어쨌든 식품은 배달될 것이다. 항상 그랬다. 모르나는 그 사실을 터득하지 못한 것 같았다. 모르나가 롤라에게 말했다.

"넌 어떻게 그렇게 살이 찌는 걸 견딜 수 있어? 넌 열한 살밖에 안 됐잖아."

롤라는 모르나가 집중한 표정으로 금지된 사이트들을 찾아 끈기 있게 여기저기 뒤지면서 바퀴가 달린 의자에 앉아 몸을 앞뒤로 흔들고 있는 모습을 지켜봤다. 모르나는 침대로 돌아가려고 돌아서면서 파자마 바지가 흘러내리지 않게 허리를 움켜쥐었다. 그러다 언니가 내는 소리를 들었다. 뭔지 모를 무슨 소리를. 롤라가 돌아섰다.

"모르나 언니? 저게 뭐야?"

한동안 자매는 컴퓨터 화면으로 보는 게 뭔지 알 수 없었다. 인간인가, 짐승인가? 그들이 본 것은 인간, 여자였다. 그녀는 엎드려 있었다. 발가벗고 있었다. 목에 금속제 개 목걸이를 맸고, 그 목걸이에 사슬이 달려 있었다.

롤라는 입을 쩍 벌린 채, 두 손으로 파자마를 추켜올리고, 일어섰다. 화면에는 잡히지 않는 한 남자가 사슬을 잡고 있었다. 그의 그림자가 벽에 비쳤다. 여자는 휘펫*처럼 생겼다. 몸이 아주 희었다. 얼굴은 흐릿했는데 판독 가능한 인간적인 표정은 보이지 않았다. 누군지 알아볼 수 없었다. 어쩌면 아는 사람일지도 몰랐다.

"작동시켜 봐. 플레이해 보라고." 롤라가 말했다.

모르나의 손가락이 망설였다. "일하고 있었어! 아버지는 항상 여기서 일하고 있었잖아." 모르나는 동생을 힐끗 봤다 "미스터 레이지에게 꼭 붙어 있어. 넌 그와 함께 있는 게 더 안전할 거야."

"어서 플레이해 봐. 한번 보자." 롤라가 말했다.

하지만 모르나는 그 이미지를 지워 버렸다. 화면이 잠시 어두워졌다. 한 손이 모르나의 심장이 있는 갈비뼈를 문질러 내렸다. 다른 손은 자판 위를 맴돌았다. 모르나는 다시 식품 주문 화면을 검색했다. 그리고 대충 훑어보고는 슈퍼마켓 자체 브랜드인 개 사료를 엄마의 장보기 리스트에 추가했다. "내 상상의 애완동물을 위해 욕은 내가 먹을게." 롤라가 말했다. 모르나는 어깨를 으쓱했다.

그 후에 둘은 어렸을 때 그랬던 것처럼 침대에 누워서 어둠에 대고 중얼거렸다. 모르나는 아버지가 그 사이트를 우연히 발

● 그레이하운드 비슷하게 생긴 날쌘 개.

견했다고 주장할 거라고 말했다. 그게 사실일 수도 있어, 롤라가 말했지만 모르나는 아무 말도 하지 않았다. 롤라는 엄마가 그 일을 아는지 궁금했다. 롤라가 말했다. 경찰이 우리 집에 올 수도 있어. 만약 경찰이 와서 아빠를 체포하면 어쩌지? 아빠가 감옥에 가야 하면 어떡해? 우린 돈이 하나도 없을 텐데.

모르나가 말했다. "그건 범죄가 아니야. 개들. 여자들이 옷을 벗고 개 흉내를 내는 거잖아. 만약 그게 아이들이었다면 내 생각에 그건 범죄야."

롤라가 말했다. "그 여자는 돈을 받고 그런 일을 하는 걸까, 아니면 사람들이 그 여자에게 그러라고 시키는 걸까?"

"아니면 마약을 얻는지도 모르지. 멍청한 여자 같으니!" 모르나는 돈이나 두려움 때문에 짐승처럼 쭈그리고 앉아 자기 몸이 훼손되길 기다리는 그 여자인지 소녀인지에게 화가 났다. "춥다." 모르나가 말했다. 롤라는 모르나가 이를 딱딱거리며 부딪치는 소리를 들을 수 있었다. 모르나는 이런 식으로 전신을 쓸고 지나면서 장기까지 파고드는 추위에 사로잡혔다. 대리석 같은 심장이 덜거덕거렸다. 모르나는 심장에 손을 올렸다. 그리고 이 불 속에서 무릎에 턱이 닿도록 몸을 구부렸다.

"경찰이 아빠를 감옥에 보내면 언니가 우릴 위해 돈을 벌 수 있어. 괴기 쇼에 나갈 수 있잖아."

11월. 병원에서 바타차르야 박사가 와서 털 문제를 의논했다. 그런 일도 일어난다고 여의사가 밀했다. 그 물질의 이름은 라누고, 즉 솜털이다. 아, 유감스럽지만 그런 일이 일어난답니다. 그녀는 소파에 앉아 말했다. "따님에 관해선 전 어떻게 해야 할지 모르겠습니다."

아버지는 모르나가 다시 병원으로 돌아가길 원했다. "모르나가 가든 제가 가든 둘 중 하나를 선택해야 할 상황입니다."

바타차르야 박사는 안경 너머로 눈을 깜박였다. "저희 병원의 재정 상태가 위태로워요. 지금부터 내년 회계 연도까지 지원 할당을 받게 됩니다. 가장 위급한 환자들만 받을 수 있습니다. 매일 체중을 재서 차트를 쓰는 일을 계속해 주세요. 모르나의 상태가 안정돼 건강이 나빠지지 않는 한 말입니다. 봄에도 별다른 진전이 보이지 않으면 그때는 모르나를 받을 수 있습니다."

모르나는 소파에 앉아서 배 위로 팔짱을 끼었는데 배가 퉁퉁 부어 있었다. 모르나는 멍하니 주위를 둘러봤다. 여기가 아닌 다른 곳에 있고 싶었다. 그녀를 속이고 한 스푼씩 넣는 크림이 모든 걸 오염시키고 있다고 설명했다. 모르나는 더 이상 사람들의 말만 듣고 그들이 주는 음식을 믿을 수 없을뿐더러 그렇게 음식에 손을 댄다면 칼로리 차트도 마찬가지라고 했다. 모르나는 음식을 먹는 데 동의했지만 다른 사람들이 그 합의를 깼다고 했다. 합의의 정신을 위반했다고 말했다.

아버지가 의사에게 말했다. "줄곧 말해 봐야 아무 소용 없어요." 아버지는 의사의 목소리를 흉내 냈다. "'모르나, 넌 어떻게 생각해? 뭘 원하니?' 인권에 대한 그런 개소리는 하지 말아요. 모르나가 뭘 원하는지는 더 이상 중요하지 않아요. 쟤가 거울을 보면 대체 뭐가 보이는지 누가 알겠어요. 쟤 머릿속에 대체 무슨 생각이 있는지 선생님은 모르잖아요, 안 그래요? 저 아이는 헛것들을 상상하고 있단 말입니다."

롤라가 불쑥 끼어들었다. "하지만 나도 봤어."

부모가 롤라를 사정없이 꾸짖었다. "롤라, 2층으로 가."

롤라는 소파에서 벌떡 일어나 발을 질질 끌며 나갔다. 그들은 "뭘 봤다는 거니, 롤라? 뭘 본 거야?" 하고 말하지 않았다.

엄마와 아빠는 자기가 하는 말을 전혀 안 듣는다고 롤라는 의사에게 말했었다. 그들에게 난 그저 소음에 지나지 않는다고.

"애완동물을 키우자고 했지만 안 돼, 절대 안 돼. 다른 사람들은 개를 키울 수 있어도 롤라 너는 안 돼."

방에서 쫓겨난 롤라는 닫힌 문 밖에 서서 낑낑거렸다. 한번은 손으로 문을 긁기도 했다. 롤라는 코를 쿵쿵거리고 어깨로 문을 밀며 쿵쿵 소리를 냈다.

"가족 치료는 받으실 수 있을지도 몰라요. 그 점은 생각해보셨나요?" 롤라는 바타차르야 박사가 하는 말을 들었다.

12월. 메리 크리스마스.

1월. "엄마는 날 병원으로 다시 보낼 거지." 모르나가 말했다.

"아니, 아니야. 절대 안 그래." 엄마가 대답했다.

"아까 바타차르야 박사랑 통화했잖아."

"난 치과 의사랑 통화한 거야. 예약 날짜를 잡고 있었다고."

모르나는 최근에 이빨이 몇 개 빠졌다. 그건 사실이었다. 하지만 모르나는 엄마가 거짓말을 하고 있다는 걸 알았다.

"날 다시 병원으로 돌려보내면 표백제를 마실 거야." 모르나가 말했다.

롤라가 말했다. "그럼 언니 너는 눈이 부시게 하얘지겠네."

2월. 어른들은 정신과 병원의 입원 치료 명령에 대한 이야기를 나눴다. 이 말은 곧 병원에 강제 입원을 시키는 것으로 앞으로는 전처럼 그냥 마음대로 퇴원할 수 없다는 뜻이라고 엄마가 말했다.

"이건 전적으로 너의 선택에 달렸어. 모르나 네가 음식을 먹으면 그런 일은 일어나지 않을 거야. 넌 정신 병원에 있는 걸 좋아하지 않을 거야. 거기선 너에게 산책 가자고 달래지도 않을 거고, 망할 놈의 컵케이크를 구워 줄 일도 없을 거야. 거기선 문에 자물쇠를 채워 가둔 다음 네 몸에 주사를 놔서 약물로 가득 채울 거라고. 네가 전에 지내던 병원하고는 하늘과 땅 차이란 말이야." 아버지가 말했다.

"내 생각에는 주인이 휴가 갈 때 개 맡기는 곳과 더 비슷할 것 같은데. 거기선 환자들을 줄에 묶어 둘 거야." 롤라가 말했다.

"날 구해 주지 않을 거예요?" 모르나가 말했다.

"네가 너 스스로를 구해야 해. 아무도 널 위해 대신 먹어 줄 수 없어." 아버지가 말했다.

"만약 대신 먹어 줄 수 있다면 내가 먹어 줄지도 몰라. 하지만 난 돈을 받고 먹어 줄 거야." 롤라기 말했다.

모르나는 무로 돌아가고 있었다. 모르나는 태어나지 않았던 그 상태로 돌아가고 있었다. 롤라는 이제 언니의 통역사가 돼 2층 침대 위층에서 예언자들이 그러듯이 크고 분명한 목소리로 모르나를 대신해 말했다. 부모와 의사들은 모르나가 무슨 생각을 하는지 알기 위해 롤라에게 가야 했다. 모르나는 이제 입을 거의 다물고 있었다.

롤라는 새해 들어 모르나에게 자리를 바꾸자고 해서 언니를 아래쪽 침대에 자게 했다. 언니가 2층에서 자다가 바닥에 굴러떨어져 박살이 날까 봐 두려워서였다.

롤라는 엄마가 침실 문 뒤에서 한탄하는 소리를 들었다. "저 애는 가고 있어, 가고 있다고."

엄마는 '가게에 가고 있다.'라는 의미로 한 말이 아니었다. 결국엔 바타차르야 박사가 말했던 것처럼 심장은 경고도 없이 멈춰 버리니까.

2월. 상황이 절박해지고 절체절명의 순간이 되자 롤라는 언니를 구하기로 결심했다. 롤라는 비스킷 하나와 사탕 몇 개를 은박지에 작게 싸서 언니의 침대에 놨다. 그리고 나중에 은박지로 싼 비스킷이 으깨져서 가루가 되고 사탕 조각과 분홍색 젤리 가재의 다리 부스러기가 방바닥에 흩어져 있는 걸 봤다. 롤라는 그 부스러기들을 다 셀 수 없었기 때문에 언니가 조금이라도 먹었기를 바랐다. 어느 날은 모르나가 꾸러미를 구기지 않고 그대로 쥔 채 그 반짝거리는 은박지에 반사된 자기 얼굴을 보고 있는 걸 발견했다. 언니는 이제 복시* 현상이 있었고, 단단한 물체들이 빛에 둘러싸인 것처럼 보였다. 물건들이 유령같이 흐릿하게 움직이는 것처럼 보이는 것이다.

엄마가 말했다. "넌 아무 감정도 없니, 롤라? 우리가 언니 때문에 어떤 고통을 겪고 있는지 몰라?"

"나도 감정이 있어." 롤라가 말했다. 그녀는 감정이 자신을

---

* 하나의 물체가 둘로 보이는 것.

얼마나 부풀리는지 보여 주기 위해 두 손을 내밀어 자기 몸 주위에 원을 그려 보였다. 그렇게 하면 가슴에 무거운 것이 얹혀 있어 배가 부른 느낌이 들면서 저녁을 먹고 싶지 않아진다. 그래서 롤라는 저녁을 남기거나 부엌용 두루마리 휴지에 몰래 음식을 조금씩(페이스트리나 삼사 한 개) 싸서 버렸다.

롤라는 언니와 함께 맨발로 컴퓨터를 사용하러 갔던 11월의 그날 밤이 떠올랐다. 모르나가 앉아 있는 의자 뒤에 서서 언니의 어깨를 만졌는데 칼날이 스치는 듯한 느낌이었다. 언니의 칼날처럼 뾰족한 뼈가 롤라의 손바닥에 깊숙이 박힌 것 같았고, 그 느낌이 몇 시간 동안 가시지 않았다. 손바닥에 자국이 없는 게 놀라울 정도였다. 다음 날 아침에 잠이 깼을 때 그 날카로운 자국이 아직도 마음에 남아 있었다.

─────────

3월. 모르나 언니의 모든 흔적이 이제 자매의 방에서 사라졌지만 롤라는 아직도 언니가 여기 있다는 걸 알았다. 추운 밤이면 미스터 맨 파자마를 한 손으로 움켜쥐고 창가에 서서 작은 집의 정원을 내려다봤다. 집 주위를 맴도는 헬리콥터 불빛, 옆집 정원에 비치는 보안등 불빛, 거리의 가로등 불빛 속에서 롤라는 후광과도 같은 서리에 둘러싸인 채 정원에 서서 집을 올려다보고 있는 언니의 모습을 본다. 거리를 달리는 차 소리는 낮게 밤새 들리지만 모르나 주변은 마치 거품에 둘러싸인 것처럼 조용하다. 언니의 키가 크고 쭉 곧은 몸이 잠옷 속에서 살짝 움직이고, 언니의 얼굴은 눈물을 흘리거나 보슬비를 맞는 것처럼 흐릿하다. 얼굴에는 읽어 낼 수 있는 인간적인 표정이라곤 보이지 않는다. 하지만 언니의 발치에 유니콘처럼 하얗게 빛나는 흰 개 한 마리가 목에 황금 체인을 하고 엎드려 있다.

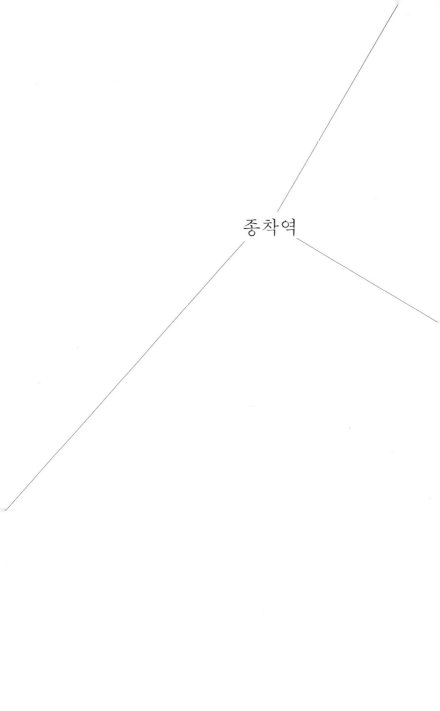

종착역

1월 9일 진눈깨비가 내리는 어두침침한 오전 11시가 조금 지났을 무렵 죽은 아버지가 기차를 타고 클래펌 정션을 떠나 워털루로 가는 걸 봤다.

처음에는 아버지를 알아보지 못하고 그냥 지나쳤다가 다시 봤다. 우리는 나란히 뻗은 두 선로의 기차에 각각 타고 있었다. 내가 돌아봤을 때 아버지가 탄 기차는 속도를 높여 아버지를 태우고 가 버렸다.

내 마음이 곧장 워털루 역 중앙 홀로 달음박질쳤다. 분명히 아버지와 만날 수 있음을 느꼈다. 아버지가 탄 구식 기차는 6인승 객차들이 통로로 연결되었고, 유리창은 겨우내 내린 눈과 비에 젖어 거의 불투명에 가까웠으며, 십 년이 더 된 묵은 때가 금속 테두리에 덕지덕지 끼어 있었다. 나는 아버지가 어디서 왔을지 궁금했다. 윈저? 애스컷? 내가 그 지역에 여행을 많이 다녀서 그곳을 운행하는 철도 차량에 대해 상세하게 알게 됐다는 사실을 여러분도 이해해 주기 바란다.

아버지가 택한 객차에 불빛은 보이지 않았다.(그런 객차의 전구들은 종종 도난당하거나 파손되었다.) 아버지의 얼굴에선 한 가닥 불쾌한 기색이 풍겼다. 눈은 짙게 그늘이 졌고, 생각에 잠긴 표정은 뚱해 보일 정도였다.

마침내 초록색 신호가 들어오자 내가 탄 기차가 앞으로 움직이기 시작했다. 기차는 천천히 위엄 있게 달렸고 나는 아버지가 나보다 칠 분 정도, 확실히 오 분은 먼저 출발했을 거라고 생각했다.

맞은편 객차에서 슬픈 표정으로, 하지만 허리를 곧추세우고 앉아 있는 아버지를 보자마자 내 마음은 그때…… 그 일이 일어났던 때로 돌아갔는데……. 아니, 아니다. 내 마음은 그때로 돌아가지 않았다. 그러려고 해 봤지만 그 일이 뭔지 찾을 수 없었다. 내 머릿속을 구석구석 뒤졌지만 하나도 나오지 않았다. 아버지와 관련된 일화가 많았으면 좋으련만. 하나 만들어 낼 만큼 풍성하면 좋으련만. 하지만 그런 일은 없었고, 적지 않은 세월이 흘렀다는 사실만 깨달았다.

기차에서 내렸을 때 차가운 플랫폼은 진눈깨비에 젖어 미끄러웠다. 폭발물 경고문이 사방에 붙어 있었고, 거지들을 주의하라는 경고도 많았다. 미끄러지거나 넘어지지 않게 조심하라는 포스터도 몇 장 붙어 있었는데 할 수만 있다면 누가 넘어지려 하겠나. 사람들을 모욕해도 유분수지. 그저 사람들의 관심을 끌고 싶은 종자들이나 경솔하게 넘어지겠지. 느닷없이 표를 받는 남자가 나타나는 바람에 승객들 모두 더듬더듬 표를 찾아 꺼내느라 더 지체됐다. 나는 짜증이 났다. 이게 대체 무슨 절차인지 모르겠지만 후딱 해치우고 싶었다.

마치 죽음이 나이를 뒤로 돌린 것처럼 아버지가 전보다 더 젊어 보인다는 생각이 문득 들었다. 아버지의 표정은 비애에 젖었으면서도 다소 목적의식이 있어 보였다. 나는 아버지가 무작정 여행을 떠나지 않았다는 점을 확신했다. 그래서 과거의 경험보다는(경험은 다 과거의 일인가?) 이런 인식 때문에 아버지가 나를 만나려고 역에 잠시 머물지도 모른다고, 즉 베이싱스토크나 멀리는 사우샘프턴에서 기차를 타고 가는 길에 나를 만나려고 잠시 시간을 넬지도 모르겠다고 생각했다.

여러분에게 이건 말할 수 있다. 워털루 역에서 누군가와 만나기로 마음먹었다면 계획을 미리 잘 짜야 한다. 그리고 조금 더 신중을 기하기 위해 그 계획을 글로 써 놔야 한다. 내가 쏜살같이 흐르는 시냇물 속에 있는 돌멩이처럼 가만히 서 있는 동안 여행객들은 나와 부딪치거나 내 주위로 밀려왔다 지나갔다. 아버지가 갈 만한 곳이 어딜까? 아버지가 원할 만한 건 뭘까?(맙소사, 나는 죽은 사람들이 자유롭게 돌아다닌다는 걸 몰랐다.) 커피를 한잔하러 갔을까? 베스트셀러 문고본들이 꽂힌 책 가판대를 둘러보고 있을까? 약국 체인점인 부츠에서 감기약이나 병에 든 아로마 오일을 보고 있을까?

내 가슴속에 있는 작고 단단한 것이, 내 심장이 그때 더 쪼그라들었다. 나는 아버지가 원할 만한 게 뭔지 전혀 몰랐다. 런던이 제공하는 무한한 가능성들…… 아버지가 나를 만나지 않고 시내로 가 버렸다면…… 하지만 심지어 그때조차 그 무한한 가능성들 속에서 아버지가 원할 만한 걸 단 한 가지도 생각해 낼 수 없었다.

그래서 아버지를 찾아 W. H. 스미스 서점과 코스타 커피 매장을 들여다봤다. 아버지가 갔었던 장소들을 생각해 보려고 애를 썼지만 조금도 떠오르지 않았다. 나는 뭔가 달콤한 것, 손을 녹일 수 있는 유리잔에 든 핫초콜릿, 코코아 파우더를 뿌린 이탈리아 웨이퍼가 먹고 싶었다. 하지만 내 마음은 차갑게 식었고 아버지를 찾고 싶은 의지는 절박했다.

문득 아버지가 유럽으로 떠날지도 모른다는 생각이 들었다. 아버지는 여기 워털루 역에서 기차를 타고 유럽으로 갈 수도 있는데, 그렇다면 내가 어떻게 아버지를 따라가겠는가? 나는 아버지에게 어떤 서류들이 필요하고 어느 나라 화폐를 지녔을지 궁금했다. 유령들의 시스템은 다를까? 유령이 다른 나라에 들어갈 수 있을까? 나는 입고 있는 실크 가운 안에 유령 포트폴리오를 숨긴 유령 대사들이 있는 궁정을 생각했다.

아주 거대한 공적 공간에서 사람들이 움직이는 방식에는 리듬이 있다.(여러분도 알 것이다.) 아무도 그러자고 결정한 사람은 없지만 해가 뜬 직후에 매일매일 정해지는 일정한 속도가 있다. 그 리듬을 깨면 사람들에게 발로 차이고 팔꿈치에 맞아 후회하게 된다. 영국 사람들은 아무 생각 없이 미안해요 하고 중얼거리고 지나가 버린다. 하지만 상식적인 예의를 기대하기엔 여행자들이 종종 지나치게 화를 낸다. 그렇게 사람들 속에서 머뭇거리거나 다리를 절뚝거리다 보면 곧 옆으로 밀려나 버린다. 나는 난생처음으로 이 리듬이 아주 신비롭다는 생각이 들었다. 이 리듬은 기차역이나 시민이 아니라 신이 관장한다. 이것은 군중 속에서 어떻게 해야 할지 모르는 사람들을 도와주는 일종의 가이드다.

이렇게 밀려드는 수천 명의 사람들 중에 몇 명이나 현실에 존재하는 인간이고, 몇 명이나 빛의 속임수일까? 이 중 몇 명이 신체 모든 부위가 제대로 연결되고 눈에 보이는 그대로의 인간, 즉 살아 있는 인간일까? 등에 배낭을 진 채 정처 없이 가는 혈색이 나쁜 저 남자 여행자는 유령일까? 굶주림에 시달린 얼굴이 흑사병에 걸려 죽은 사람을 떠올리게 하는 저 여자는 뭘까? 완즈워스의 갈색 주택에 사는 사람들, 발코니가 달린 단독 주택에 사는 사람들과 거리에서 사는 사람들, 버지니아 워터에 가려고 모여 투덜거리는 통근자들, 둑 위에 집이 있는 사람들, 아니면 기차 차창 밖으로 보이는 흘러내리는 빗물에 지붕이 반들반들한 집에 사는 사람들은? 그중 몇 명이나 정말 살아 있는 인간일까?

나를 위해 그들을 구분해 주지 않겠는가? 나를 위해 '그 구분되는 것들'을 구분해 주길. 그들의 살을 만져 보게 해 주길. 사람의 음색에서 산 자와 죽은 자를 구분하기 위해 뭘 선택해야 하는지 알려 주길. 당신이 살아 있는 사람의 뼈라고 아는 뼈를 보여주길. 그걸 좀 흔들어 보여 주길. 그걸 발견하면 내게 보여 주길.

계속해서 나는 여행자들을 위해 방부 처리한 식품들이 진열된 냉장고를 물끄러미 봤다. 그러다 낯익은 코트의 소맷자락이 언뜻 눈에 들어와 심장이 철렁했다. 하지만 그때 남자가 돌아섰는데 그의 얼굴은 우둔하기 그지없었고, 아버지가 아니었다. 아버지와 닮은 구석이 생각과 달리 적었다.

이제 남은 곳은 많지 않았다. 피자 가게를 봤지만 아버지가 사람들이 많은 곳에서, 그것도 외국 음식을 먹을 거란 생각은 들지 않았다.(또다시 내 마음은 파리 북역으로 향했고, 거기서 아버지를 따라잡을 가능성을 생각했다.) 환전소는 이미 확인했고, 즉석 사진 부스의 커튼을 옆으로 젖혀 봤는데 그때는 비어 있는 것처럼 보였지만 어쩌면 아버지가 부린 속임수이거나 테스트일지도 모른다는 생각이 들었다.

　그래서 아버지는 어디에도 없었다. 다시 아버지의 표정을 되새기면서(내가 아버지를 잠깐, 그나마 어두운 곳에서 봤다는 걸 여러분은 기억할 것이다.) 나는 처음에 보지 못했던 걸 알아차렸다. 아버지의 표정은 거의 내면을 향한 것처럼 보였다. 아버지에게서 거리감이 느껴졌다. 마치 자기 신원을 들키지 않게 지키는 관리인처럼 사생활을 보호하고 싶어 하는 분위기가 풍겼다.

　별안간 나는 이해했다. 아버지는 정체를 숨기고 여행하는 중이었다. 수치심과 분노가 치민 나는 서점 앞 유리창에 몸을 기댔다. 내 모습이 내 뒤에서 빙빙 돌고, 겨울 망토를 걸친 내 영혼이 유리 속으로 밀고 들어가 거기서 내가 움직일 힘이나 권한이 없는 지나가는 사람을 살았건 죽었건 빤히 바라볼 수밖에 없다는 사실을 알았다. 그때까지는 제대로 이해도 안 되고 충분히 살피지도 못했던 오전의 경험이 지니는 의미를 이제 깨달았다. 나는 고개를 들어 노골적인 호기심으로 맞은편 선로에 있는 기차를 들여다보다가 난감한 우연의 일치로 봐선 안 될 존재를 봐 버린 것이다.

　이제는 시내에서 만나기로 한 약속에 가는 게 시급해 보였다. 나는 으레 입는 근엄한 검은색 망토를 단단히 여몄다. 서류들이 다 제대로 들었는지 가방 안을 들여다보고 가볍게 두드렸다. 나는 가판대로 가서 1파운드 동전 하나를 주고는 피부처럼 얇은 비닐에 든 화장지를 받아 손톱으로 포장을 찢고 화장지를 꺼냈다. 꼴사납게 눈물이 날 경우에 대비해서다. 그 종이의 감촉에 마음이 놓였다. 그 감촉에 경의를 표하는 바다.

올해 겨울은 으스스하다. 노인들도 다른 해보다 더 춥다고 인정했다. 택시 승차장에서 줄을 서서 기다리면 사방에서 불어오는 바람에 눈이 시리다. 나는 냉기가 도는 방으로 가는 길이다. 거기에서 내 아버지는 아니지만 내가 우리 아버지보다 더 애정을 느끼는 남자들이 몇 가지 해법을 내놓고, 거래를 하고, 회의록에 대해 동의할 것이다. 대부분의 경우 위원회 위원들은 회의록에 아주 쉽게 동의하지만 우리 각자가 하나의 개인으로서 개별적으로 살아갈 때는 매순간 자신이 독자적인 존재라고 믿으며 논쟁을 멈추지 않는다는 점을(그렇지 않나?) 나는 눈치챘다. 사람들은 수없이 많은 이유로 서로에게서 멀어진다. 그렇게 멀어진 이유들 중 죽음은 가장 사소한 이유일 뿐이라는 점에 그다지 동의하지 않을뿐더러 그런 점을 통렬하게 인식하지도 않는다. 도로와 공원에 불빛이 활짝 피어나고 시내에 빅토리아 시대의 지혜가 깃들 때 나는 다시 나아갈 것이다. 나는 산 자들과 죽은 자들이 익숙한 열차를 타고 통근하는 모습을 지켜본다. 나는 여러분이 추측했듯이 가식적인 흥분이나 거짓된 혁신을 필요로 하는 사람이 아니다. 하지만 나는 열차 시간표를 찢어 버리고 새로운 길로 가 볼 마음이 있다. 그리고 예상 밖의 종착역에서 내 손을 잡아 줄 사람을 발견하리라는 걸 안다.

마거릿 대처 암살 사건:

1983년 8월 6일

1982년 4월 25일, 다우닝 스트리트[*]

포클랜드 제도의 사우스조지아섬 탈환을 발표함.

대처 여사 : 국민 여러분, 방금 국방부 장관이 제게 기쁜 소식을……

국방부 장관 : 영국군이 오늘 오후 4시에 사우스조지 아섬에 상륙했다는 소식이 들어왔습니다. 런던 시간으로 는…… 작전 사령관이 다음과 같은 전갈을 보냈습니다. "사

---

[*] 영국 총리 관저가 있는 곳으로 총리와 정부를 가리킴.

우스조지아섬에서 영국 국기 옆에 영국 군함기가 펄럭이고 있다는 사실을 기쁜 마음으로 여왕 폐하께 전합니다. 여왕 폐하 만세."

대처 여사 : 이 소식에 기쁘고, 우리 군과 해병대 병사들의 승전을 축하합니다. 모두 수고하셨습니다.

대처 여사가 다우닝가 10번지의 문을 향해 돌아선다.

기자 : 이제 우리가 아르헨티나에 선전 포고를 하나요, 총리님?

대처 여사 : (문 앞에서 잠시 멈춰 서서) 지금은 승리에 기뻐합시다.

먼저 그녀가 마지막 숨을 쉰 거리를 상상해 보라. 오래된 나무들로 그늘이 드리워진 차분하고 조용한 거리다. 흰색 당의를 입힌 것처럼 매끄러운 표면에 벌꿀 색 벽돌로 지은 집들이 높게 솟아 있는 거리다. 조지 왕조 풍으로 앞면이 평평한 집들도 있고, 빅토리아풍으로 지어져 베이*에 빛이 반사돼 어슴푸레 반짝이는 집들도 있다. 현대 가정들이 거주하기엔 너무 커서 대부분 집들이 여러 개의 아파트로 나뉘어 있다. 그렇긴 해도 우아한 비율이 훼손되거나 나무 패널을 대고, 놋쇠 문패를 달고, 남색이나 짙은 초록색 페인트를 칠한 앞문의 은은한 광택이 손상되지 않

---

* 방이나 건물에서 약간 튀어나온 곡선 부분.

왔다. 이 동네의 유일한 단점은 주차 공간보다 차가 더 많다는 점이다. 주민들은 주차 허가를 과시하며 길가에 줄줄이 차를 세워놨다. 그런 차들로 집에 주차장이 있는 사람들의 진입로가 항상막혀 있다. 하지만 인내심이 많은 이곳 주민들은 자신이 사는 아름다운 거리를 자랑스럽게 생각하면서 거기에 수반되는 사소한불편은 기꺼이 감당한다. 고개를 들어 올려다보면 조지아풍의섬세한 부채꼴 창이나 따뜻한 테라코타 타일이나 반짝이는 색유리가 눈에 들어온다. 봄이면 벚나무들이 보란 듯이 화려하게만개한 자태를 드러낸다. 바람이 떨어뜨린 꽃잎들은 화르르 바람에 실려 날아가 마치 거인들이 거리에서 결혼식을 치른 것처럼 보도를 다 덮는다. 여름이면 열린 창문 밖으로 비발디, 모차르트, 바흐의 선율이 흐른다.

거리는 부드럽게 구부러지며 시내 중심가에서 흘러나온 주요 도로로 연결된다. 섬처럼 고립된 성삼위 교회에는 수비대의깃발들이 걸렸다. 높은 창문에서 중심가를 내려다보면(그 암살이있던 날 내가 그랬듯이) 가까이 요새와 성의 존재를 느낀다. 왼쪽을보면 라운드 타워*가 유리창을 통해 시야를 압박해 들어온다. 하지만 보슬비가 내리면서 구름이 떠도는 날에는 그 성의 모습이 반쯤 지워진 아마추어의 그림처럼 작아져 보인다. 경계가 부드러워지고, 가장자리는 흐릿해지고, 강에서 불어오는 냉기에 움츠러들어 왕을 위해 세운 성이라기보다는 구름에 뒤덮인 산 같다.

교회 오른쪽(그러니까 시내를 벗어나 오른쪽)에 있는 집들은 정원이 더 크고, 집 한 채에 서너 명의 세입자가 살았다. 1980년대 초반에 영국은 타는 냄새에 크게 개의치 않았다. 메이든헤드와 브레이 강변에 있는 화려하게 꾸민 싸구려 선술집들을 제외하고 주말 바비큐의 타는 악취라는 게 없었다. 깔끔하게 관리하긴 했지만 이곳 정원들에서는 발자국을 거의 보지 못한다. 거리에 아이들이 하나도 없었고, 아직 아이를 가지지 않은 젊은 커플들과 자식이 있을지도 모르는 더 나이 많은 커플들은 기껏해야 문을 열어 저녁 파티 소리가 테라스 밖으로 나가게 해 뒀을 뿐이다. 따뜻한 오후 내내 잔디들이 돌보는 이 없이 바싹 말라 갔고, 고양이들은 부서져 가는 돌 항아리 위에서 몸을 동그랗게 말고 졸았다. 가을에 움푹 들어간 뒤쪽 테라스에서 나뭇잎 더미가 썩어 가면 짜증이 난 아래층 사람들이 삽으로 퍼내 치웠다. 겨울비가

● 잉글랜드 포츠머스에 있는 15세기 요새 유적.

보는 이 한 사람 없이 관목 숲을 조용히 적셨다.

1983년 여름에 쇼핑객들과 여행자들이 그냥 지나치는 이 고풍스럽지만 따분한 동네가 전국적인 관심의 초점이 됐다. 20번지와 21번지 정원 뒤에 구석 자리를 차지한 옅은 색깔의 우아한 개인 병원 건물이 하나 있었다. 암살낭하기 사흘 선에 내저 수닝이 가벼운 눈 수술을 하러 이 병원에 입원했다. 그 후로 이곳은 혼란에 빠졌다. 낯선 사람들이 주민들을 밀어젖혔고, 신문사와 텔레비전 방송국 사람들이 거리를 막고 허가도 없이 남의 집 진입로에 차를 주차했다. 이들이 목에 카메라 줄을 건 채 전선과 조명을 끌며 스피너스 산책로를 오가고 클래런스로에 있는 병원 문을 바라보곤 했다. 몇 분 간격으로 그들은 마치 아무 일도 일어나지 않았다고 서로 안심시키기라도 하듯이 전투복 상의 같아 보이는 재킷을 들썩이며 모였다. 하지만 머지않아 곧 뭔가 일어날 것이다. 그들은 기다렸고, 그렇게 기다리는 동안 종이 곽에 든 오렌지 주스와 캔에 든 맥주를 후루룩 소리를 내며 마셨다. 그들은 음식을 먹고, 부스러기를 흘리고, 더러운 종이 봉지들을 화단에 던져 버렸다. 세인트 레너드로 위쪽에 있는 제과점은 오전 10시면 치즈롤빵이 다 떨어졌고, 정오쯤에는 다른 빵도 다 팔렸다. 윈저

주민들은 트리티니 플레이스의 낮은 벽 틈에 쇼핑백을 쑤셔 넣고 모여서 수다를 떨었다. 왜 대처 수상이 우리 동네에 왔는지, 그리고 언제쯤 떠날지 추측했다.

윈서는 당신이 생각하는 그런 곳이 아니다. 여기엔 지식인들이 산다. 윈저성 아래쪽 피스코드 거리에 사는 사람들은 왕실에 알랑거리는 왕정주의자들이 아니다. 그리고 교차로를 건너 세인트 레너드로로 오면 드러나지 않은 공화주의자들의 냄새를 맡을 수 있다. 어쨌든 이 일은 이 지역 사회주의자들에게 달갑지 않은 위로가 됐고, 사람들은 괜히 표만 낭비했다고 중얼거렸다. 그들은 전략적인 투표로 자신들이 느끼는 바를 세상에 보여줘야 했고, 아트센터에서 열리는 기이한 이벤트에 참석해 그들의 감정을 드러냈다. 원래 소방서였던 곳을 최근에 리모델링한 아트센터에서는 시집을 자비 출판한 시인들이 연단에 올랐으며 신맛이 나는 화이트 박스 와인이 제공됐다. 토요일 오전에는 자기 의견을 주장하는 법, 요가, 액자 공예 교실이 열렸다.

그런데 대처 여사가 방문했을 때 정부에 반대하는 사람들이 가두시위를 벌였다. 그들은 삼삼오오 모여서, 기자단을 훑어보고, 의사 전용이라고 표시된 알토란 같은 주차 구역들이 있는 병원 출입문을 어깨로 밀어 댔다.

여자가 말했다. "난 박사* 학위가 있거든. 그래서 종종 저기 주차하고 싶은 유혹이 들어." 이른 시간이라 제과점에서 사 온 빵은 아직 따뜻했다. 그녀는 마치 애완동물을 안듯이 빵을 꼭 껴안고 있었다. 그녀가 말했다. "대처에 대해 아주 혹독한 비판이 퍼지고 있어."

"내 말은 단도 같은걸. 그것도 그 여자의 심장을 향해 곧바로 날아가고 있지." 내가 대꾸했다.

"오, 듣던 중 가장 센 말인데." 그녀는 감탄하며 말했다.

"흠, 난 집에 가 봐야 해. 더건 씨가 보일러를 수리해 주기로 했거든." 내가 말했다.

"토요일에? 더건이? 그거 정말 대단한 특권인데. 그럼 얼른 가 봐. 자기가 집에 없어서 더건이 그냥 가 버려도 수리비를 청구할걸. 상어 같은 사람이야. 하지만 우리가 무슨 힘이 있겠어?" 그녀는 가방을 뒤져서 바닥에 있던 펜을 찾아냈다. "내 전화번호를 줄게." 우리 둘 다 종이가 없었기 때문에 그녀는 내 팔뚝에 번

● doctor는 의사와 박사란 두 가지 의미가 있다.

호를 적었다. "전화 줘. 자기, 아트센터에 가 보긴 했어? 나랑 같이 가서 와인이나 한잔하자."

장을 봐 온 페리에 생수를 냉장고에 넣고 있을 때 초인종이 울렸다. 지금은 잘 모르겠지만, 그때만 해도 나중에 대처 여사가 여기 있었던 때를 좋게 회상할 거란 생각을 하고 있었다. 사람들이 거리에서 새로 친구를 사귀고, 우리가 공통으로 아는 배관공에 대해 한담을 나누던 시절이라고 말이다. 현관 인터폰에서 항상 그렇듯이 누군가 전화선에 불을 지른 것처럼 치직치직 소리가 났다. "올라오세요, 더건 씨." 내가 말했다. 어쨌든 이 배관공에게는 공손히 대하는 게 좋다.

나는 3층에 사는데, 계단이 가파른 데다 더건은 체격이 크고 육중하다. 그래서 문을 두드리는 소리가 금방 들려 깜짝 놀랐다. "안녕하세요. 밴은 주차 잘하셨나요?" 내가 물었다.

층계참이라고 해야 하나, 아니면 맨 위 계단이라고 해야 하나, 하여튼 그곳에 나는 싸구려 누비 재킷을 입은 남자와 단둘이 서게 됐다. 나는 순진하게도 이 사람은 더건의 아들인가 보고 생각했다. "보일러 고치러 오셨죠?" 내가 말했다.

"맞아요." 남자가 대답했다.

그는 보일러 수리공의 장비 가방을 힘주어 들어 올렸다. 우리는 상자만 한 좁은 복도에 마주 보고 서 있었다. 아무리 영국의 여름 날씨라고 해도 그가 입은 재킷은 지나치게 크고 두꺼워 우리 사이의 공간을 다 차지했다. 나는 슬쩍 뒤로 물러섰다.

"보일러에 무슨 문제가 있죠?" 남자가 물었다.

"끽끽거리다 탕탕 소리도 나고. 지금이 8월인 건 알지만."

"그럼요, 맞는 말씀입니다. 날씨는 도통 믿을 수가 없죠. 라디에이터가 뜨겁나요?"

"군데군데 뜨거운 곳이 있어요."

"보일러에 공기가 차서 그래요. 제가 기다리는 동안 공기를 빼 드릴게요. 그편이 나아요. 보일러실 열쇠가 있으시다면."

그때 나는 비로소 의심이 들었다. 이 남자는 기다린다고 말했다. 뭘 기다린다는 거지? "당신, 사진 기자인가요?"

그는 대답하지 않았다. 그는 자기 재킷을 툭툭 치면서 주머니 속의 뭔가를 찾으며 얼굴을 찡그리고 있었다.

"난 배관공을 기다리는 중이었어요. 그냥 이렇게 막 들어오면 안 되죠."

"당신이 문을 열어 줬잖아요."

"당신 들어오라고 문을 열어 준 건 아니에요. 어쨌든 왜 굳이 여기까지 들어오려고 애를 썼는지 모르겠네요. 이쪽에선 병원 정문이 안 보여요. 여기서 나가서……." 나는 손으로 가리켜 보였다. "왼쪽으로 돌아가야 해요."

"사람들이 그러는데 수상이 뒤쪽으로 나온대요. 여기가 한 방 찍기엔 최고의 장소예요."

내 침실에서는 병원 정원이 아주 잘 보인다. 우리 집 옆을 걸어가 본 사람이라면 이 점을 짐작할 수 있다.

"당신은 어느 언론사에서 일하죠?" 내가 말했다.

"당신은 알 필요 없어요."

"아마 그렇겠지만 그래도 대답해 주는 게 예의 아닌가요."

내가 뒷걸음질을 쳐서 부엌에 들어가자 그가 따라왔다. 부엌은 햇빛으로 가득 차서 환했고, 이제 남자가 또렷하게 보였다. 삼십 대의 다부진 체격에다 차림새는 그다지 단정하지 않았으며, 동그랗고 싹싹해 보이는 얼굴에 머리카락이 사방으로 뻗쳐 있었다. 그는 테이블 위에 가방을 내려놓고 재킷을 벗었다. 갑자기 체격이 반으로 줄어든 것처럼 보였다. "그냥 프리랜서라고 해

둡시다."

"그렇다고 해도 우리 집을 사용한 자릿세를 받아야겠어요. 그래야 공평하지." 내가 말했다.

"이 일에는 값을 매길 수 없어요." 남자가 말했다.

억양으로 봐서 리버풀 출신이었다. 더건이나 더건의 아들이 아닌 건 분명했다. 하지만 우리 집 문 앞에 올 때까지 한마디도 하지 않았으니 내가 어떻게 알겠는가? 이 사람이 배관공이었을 수도 있잖아, 나는 속으로 혼잣말을 했다. 내가 완전히 바보는 아니었다고. 그 순간에도 신경 쓰이는 건 내 자존심뿐이었다. 낯선 사람을 집에 들이기 전에 신분증부터 보자고 해야지, 사람들은 충고한다. 그런데 혹시라도 더건의 아들을 계단에 세워 놓고 신분증을 보여 달라고 했다가 시간이 지체되고 다음번 보일러 수리에 늦어 일을 못 하게 되면 더건이 얼마나 난리를 칠지 상상해 보란 말이다.

우리 집 부엌 창문은 지금 사람들로 들끓고 있는 트리니티 플레이스를 향해 나 있다. 목을 쭉 빼고 내다보면 우리 집 왼쪽에 새로 배치된 경찰 하나가 클래런스 크레슨트의 개인 정원들 쪽에서 빠른 걸음으로 올라오는 걸 볼 수 있었다. "담배 피워요?" 남자가 자기 담배를 찾아서 꺼냈다.

"아뇨. 그리고 당신도 안 피웠으면 좋겠군요."

"알겠어요." 그는 담뱃갑을 구겨서 다시 주머니에 넣고는 돌돌 뭉친 손수건을 꺼냈다. 그리고 높은 유리창에서 물러나 얼굴을 문질러 닦았다. 그의 얼굴과 손수건 둘 다 잿빛으로 구겨져 있었다. 속임수를 써서 가정집에 들어오는 일은 분명 이 남자에게도 익숙한 일은 아닌 모양이었다. 나는 그보다 나 자신에게 더 짜증이 났다. 이 남자는 밥벌이를 해야 할 직장이 있고, 바보 같은 여자가 문을 열어 줘서 들어온 것만으로 비난을 당해서는 안 되는지도 모른다. 내가 말했다. "얼마나 있을 작정이에요?"

"수상은 한 시간 안에 나올 겁니다."

"그렇군요." 그래서 거리에서 사람들이 웅성거리는 소리가 커졌구나. "그걸 당신이 어떻게 알죠?"

"병원 내부에 우리가 아는 여자가 하나 있어요. 간호사죠."

나는 그에게 부엌용 두루마리 화장지 두 장을 건넸다. "고마워요." 그는 그걸로 이마를 닦아 냈다. "수상이 나올 거고, 수상이 고맙다는 인사를 할 수 있게 의사들과 간호사들이 한 줄로 설 거예요. 그럼 수상은 줄을 따라 걸으면서 한 사람 한 사람 작

별 인사를 하고, 아장거리며 옆으로 걸어간 후 리무진을 타고 떠날 겁니다. 뭐, 대강 그럴 거라는 소리죠. 정확한 시간은 나도 몰라요. 그래서 여기 일찍 도착해 세팅을 해 놓고 여러 각도를 봐 놔야겠다고 생각한 거죠."

"제대로 한 방 찍으면 얼마나 받아요?"

"가석방 없이 평생 무기 징역이죠." 그가 말했다.

내가 웃었다. "그게 범죄도 아닌데 뭘."

"내 생각엔 그래요."

"여기서는 거리가 상당히 먼데. 당신에게 특수 렌즈가 있다는 건 나도 알고, 우리 집에 올라온 사진 기자는 당신 하나죠. 하지만 근접 촬영을 하고 싶지 않나요?" 내가 말했다.

"아뇨. 시야만 확실하게 확보되면 거리는 상관없어요." 그가 대답했다.

그는 화장지를 구기고 쓰레기통을 찾아 주위를 둘러봤다. 내가 화장지를 빼앗자 툴툴거리더니 가방을 풀었다. 여행용 캔버스 가방이었는데 사진 기자뿐 아니라 숙련공이라면 직종에 상관없이 다 쓸 만한 가방 같았다. 하지만 그가 가방에서 금속 부품들을 하나씩 꺼냈을 때 기계치인 내가 봐도 그게 사진작가의 장비가 아니란 건 알 수 있었다. 그는 그 부품들을 조립하기 시작했다. 손끝이 아주 섬세했다. 일하면서 아주 작은 소리로 노래를 불렀다. 축구장 관람석에서 부르는 노래였다.

> 넌 리버풀 사람이야, 지저분한 리버풀 사람,
> 넌 실업 수당이 나오는 날만 행복하지.
> 네 아빠는 도둑질하러 갔고
> 네 엄마는 마약을 팔지.
> 제발 우리 차 타이어의 휠캡은 떼어 가지 마.

"실업자가 300만인데[*] 대부분이 우리 동네 사람들이죠. 여긴 그런 실업 문제는 없겠죠, 안 그래요?" 그가 말했다.

"아, 그런 일은 없죠. 기념품점이 많아서 주민들을 다 고용하고도 남으니까. 하이 스트리트에 가 봤어요?"

나는 관광객들이 보도에서 서로 밀치락달치락하며 기념품

---

[*] 대처리즘으로 영국에서 1980년대 중반 실업자가 300만 명 이상으로 두 배 급증했고, 1981년 여름에는 런던과 리버풀의 빈민가를 비롯한 각 지역에서 폭동이 일어났다.

용 박하사탕과 태엽을 감아 작동하는 런던탑 경비병 인형을 사려고 난리 치던 모습을 머릿속에 떠올렸다. 윈저는 영국과 다른 나라라고 해도 될 정도다. 아래 거리에선 아무 목소리도 들리지 않았다. 남자가 콧노래를 흥얼거리며 자기 일에 몰두하고 있었다. 나는 그가 부른 노래에 2절이 있는지 궁금했다. 그는 가방에서 부품을 하나씩 들어 올려 자기 손수건보다 훨씬 더 깨끗한 천으로 닦으면서 마치 미사에 쓸 그릇들을 닦는 복사처럼 아주 부드럽고 경건하게 다뤘다.

조립이 끝나자 그는 내가 살펴볼 수 있도록 그걸 내밀었다. "접을 수 있는 모델이죠. 그게 바로 이 아가씨의 근사한 점이에요. 콘플레이크 곽에 들어가거든요. 사람들은 이 아가씨를 과부 제조기라고 불러요. 하지만 이번은 반대가 되겠네. 불쌍한 데니스,＊ 안 그래요? 이제부터는 아침도 직접 차려 먹어야겠지."

돌이켜 생각해 보면 우리가 침실에 같이 앉아 있던 그때 시간이 하염없이 늘어지는 느낌이었다. 그는 찻잔을 손에 쥐고 발

＊ 마거릿 대처의 남편.

치에 과부 제조기를 놔둔 채 내리닫이창 가까이 접의자에 앉아 있었다. 나는 급하게 시트를 잡아당겨 정리해 둔 침대 가장자리에 앉았다. 그가 부엌에서 자신의 재킷을 가져왔다. 아마 주머니마다 암살범에게 필요한 물건들을 가득 쑤셔 넣어 뒀을 것이다. 그가 재킷을 침대 위에 던졌을 때 재킷이 다시 스르륵 바닥으로 미끄러져 떨어졌다. 그걸 잡으려던 내 손바닥에 나일론 재킷이 슥 스쳐 지나갔다. 파충류 같은 그 나일론 재킷은 생명체처럼 느껴졌다. 나는 재킷을 주워 침대 위에다 털썩 내던지고는 그 옷깃을 꼭 쥐었다. 그는 그래도 된다는 표정으로 지켜봤다.

그는 수상이 모습을 드러내는 정확한 시간은 모른다면서도 차고 있는 시계를 계속 봤다. 한번은 시계판에 수증기가 서리고, 그 밑에 다른 시간대가 숨어 있기라도 한 듯 손바닥으로 시계를 문질렀다. 그는 내가 여전히 내 자리를 지키는지, 내 손이 잘 보이는 곳에 있는지 곁눈질로 확인했다. 그리고 계속 그렇게 있는 편이 좋겠다고 내게 설명하고 나선 잔디밭과 집 뒤쪽 담장에서 시선을 떼지 않았다. 마치 저격 목표에 더 가까이 다가가려는 것처럼 의자 앞쪽 다리로 계속 앞을 향해 끄덕거렸다.

내가 말했다. "난 그 여자가 굉장히 여성스러운 척하면서 가식적인 목소리를 내는 게 참기 힘들어요. 자기 아버지가 식료품점 주인이었고 자기를 어떻게 가르쳤는지 자랑하는 꼬락서니라니. 할 수만 있다면 그런 집이 아니라 부잣집에서 태어나길 택했을 거면서. 그 여자는 부자들을 사랑하고 숭배하잖아요. 난 그 여자의 속물근성이 싫고, 무식한 것도 싫고, 자신의 무지를 드러내는 방식도 다 싫어. 게다가 동정심이라곤 손톱만큼도 없잖아. 대체 눈 수술은 왜 하는 거지? 울 수도 없는 인간이라 그런가?"

전화벨이 울렸을 때 우리 둘 다 화들짝 놀랐다. 나는 하던 말을 멈췄다. "받아요, 내 전화일 테니까." 그가 말했다.

이날의 계획 뒤에 얼마나 복잡한 일들이 숨어 있을지 상상하기 힘들었다. "있잖아요, 차나 커피 마실래요?" 나는 부엌에 있는 전기 주전자의 스위치를 켜면서 물었다. "내가 보일러 수리공을 기다리고 있었던 거 알죠? 그 수리공이 곧 올 거예요."

"더건이요? 아니, 안 와요." 그가 말했다.

"더건과 아는 사이예요?"

"그 사람이 여기 안 올 거라는 걸 알아요."

"더건에게 무슨 짓을 한 거예요?"

"아이고, 제발. 우리가 왜 그에게 무슨 짓을 하겠어요? 그럴 필요 없어요. 더건에게 허락을 받았어요. 우리 벗들은 사방에 있어요." 그가 코웃음을 치며 말했다.

벗들. 기분 좋은 말이다. 이제 구식이 되어 가는 말이기도 하고. 맙소사, 더건이 IRA의 일원이라니. 우리 집에 불쑥 들어온 남자가 그렇게 말하진 않았지만, 나는 마음속으로 그렇게 외쳤다. IRA라는 이니셜이 여러분에게 불러일으킬 충격이나 분노가 내겐 일지 않았다. 나는 냉장고에서 우유를 꺼내고 물 주전자가 끓기를 기다리면서 그에게 말했다. 할 수 있다면 나는 당신이 하려는 일을 단념시키겠지만, 그건 그저 내 자신을 위해, 그리고 당신이 그 일을 한 후에 나에게 무슨 일이 일어날까 봐 두려워서 그런 것뿐이라고. 난 그 여자의 친구도 아니지만 다만 어떤 문제든 폭력으로 해결된다고는 믿지 않는다고.(어쩐지 이 말을 덧붙여야 할 것 같았다.) 그렇지만 난 당신을 배신하진 않을 거다, 왜냐하면……

"아하. 그거야 모두 아일랜드 출신 할머니가 있으니까. 그것만으로는 아무것도 보장할 수 없어요. 당신 집에서 그 여자를 바로 볼 수 있으니까, 그래서 내가 여기 온 거요. 당신이 우리 조직에 애착을 느끼든지 말든지 그건 상관없어요. 앞쪽 유리창에서 물러서고 전화는 절대로 건드리지 말아요. 안 그러면 내가 당신을 죽여 버릴 테니까. 난 당신네 망할 종조부들이 토요일 밤에 무슨 노래를 불렀는지 전혀 관심 없어요."

나는 고개를 끄덕였다. 그게 바로 내가 하고 있던 생각이기도 했다. 그의 소식에 대한 내 감정은 아무 실체가 없는 그저 감상일 뿐이었다.

> 전쟁에 나간 음유 시인 청년은 떠났다네,
>
> 사자의 부대에서 그를 찾게 될 거야.
>
> 아버지의 칼을 차고,
>
> 하프를 맨 그 청년을.●

내 종조부들(이 남자가 내 종조부들에 대해 한 말은 옳았다.)은 갑자기 하프◆가 나타나서 엉덩이를 깨문다 해도 그게 뭔지 몰랐을 것이다. 애국심이란 그저 그들이 얼근하게 취하는 동안 마누

● 　아일랜드의 고전 포크송인 「민스트럴 보이(The Minstrel Boy)」의 도입부.

◆ 　하프는 아일랜드의 전통 악기이자 아일랜드인들의 정체성을 상징한다.

라가 차와 생강 쿠키를 먹고 뒤쪽 부엌에서 묵주 기도를 올릴 수 있게 하기 위한 구실에 지나지 않았다. 모든 게 하나의 핑계였다. 왜 우리가 억압받는지. 우리가 여기서 억압받는 동안 다른 민족들은 왜 사악한 노력으로 성공해서 소파 세트를 사들이는지에 대한 변명. 우리가 여기 뿌리를 내리고 살면서 가사도 잘 모르는 아일랜드 노래를 라라라 불러 대는 동안(이렇게 고국에서 멀리 떨어진 곳에서는 시간이 흐르면 아일랜드 말도 잊게 되니까.) 우리 이웃들은 분쟁을 해결하고, 자신의 뿌리를 잃고, 최신 가요에 표현된 현대적이고 어느 파벌에도 속하지 않는 낙인을 받아들이니까. 넌 리버풀 사람이야, 지저분한 리버풀 사람. 나는 리버풀 사람이 아니다. 하지만 남쪽 사람들이 보기에 북쪽 사람들은 다 똑같다. 그리고 버크셔▲와 런던 인근의 여러 주에서 내거는 모든 대의명분들, 한 사람이 목숨을 걸 만한 모든 이상들은 다 똑같다. 이들은 골칫거리이자 평화를 파괴하는 방해꾼들이고, 차들이 다니는 도로를 막거나 기차를 지연되게 만들 뿐이다.

　"당신은 나에 대해 좀 아는 것 같은데." 내가 말했다. 내 목

▲　잉글랜드 남부에 있는 주.

소리는 억울해하는 것처럼 들렸다.

"딱 알아야 할 만큼만 아는 거요. 그렇다고 당신이 특별한 존재란 말은 아니고. 당신은 원한다면 날 도울 수 있어요. 원하지 않는다면 그에 맞게 우리가 당신을 처리할 거고."

그는 마치 동행이 있는 것처럼 말했다. 자기 혼자면서. 하지만 재킷을 벗어도 덩치가 크긴 했다. 내가 대처의 보수당을 열렬히 지지하는 유권자였다고 해도, 아니면 벌레 한 마리 못 죽이는 독실한 신자였다고 해도 나는 그에게 어떤 속임수를 쓰려고 시도하지 않았을 것이다. 지금 상황으로 봐서 그는 내가 고분고분할 거라고 믿거나, 아니면 나를 조롱하긴 해도 어느 정도 나를 믿고 있는지도 모른다. 어쨌든 그는 내가 찻잔을 들고 그를 따라 침실로 들어오게 해줬으니까. 그는 왼손에는 자기 찻잔을 들고 오른손에는 총을 들었다. 가방에서 꺼낸 접착테이프와 수갑은 부엌 식탁에 두었다.

이제 그는 내가 침대 옆 테이블에 있는 전화기를 집어 그에게 건네게 했다. 여자 목소리가 들렸다. 젊고, 소심하고, 멀리서 들리는 소리. 그녀가 모퉁이만 돌면 나오는 병원에 있을 거라고는 생각도 못 했을 것이다. "브렌던?" 그녀가 물었다. 그게 이 남자의 본명일 거라고는 생각하지 않는다.

그가 수화기를 너무 세게 내려놔서 덜거덕 소리가 났다. "망할, 시간이 지체된다고 하네. 이십 분 정도 걸릴 거라는데. 어쩌면 삼십 분일 수도 있고." 그는 쿵쿵거리며 계단을 올라와 우리 집에 들어온 후로 지금까지 숨을 참고 있었던 것처럼 깊은 한숨을 내쉬었다. "정말 지긋지긋해. 변소는 어디요?"

나는 같은 민족이라는 점이 사람을 놀라게 할 수도 있구나 생각하고는 대답했다. "변소가 어디냐고?" 이건 원저에서 쓰는 표현이 아니다. 사실 질문이라고 할 수도 없는 게 아파트가 너무 작아서 집 구조라고 해 봐야 뻔했다. 그는 총을 가지고 갔다. 나는 그가 오줌 누는 소리를 들었다. 그리고 수돗물을 트는 소리. 물이 튀는 소리도 들었다. 그가 바지 지퍼를 올리며 나오는 소리가 들렸다. 수건으로 문지른 그의 얼굴이 벌겠다. 그는 접의자에 털썩 주저앉았다. 등세공 의자에서 끽끽 소리가 났다. 그가 말했다. "팔에 번호가 적혀 있네요."

"그래요."

"그 번호는 뭐예요?"

"여자가 준 번호예요." 나는 집게손가락에 침을 묻혀서 잉크를 문질렀다.

"그렇게 하면 안 지워지는데. 비누를 묻혀 박박 문질러야지."

"이런 것에도 관심을 가져 주고 참 친절하네요."

"그 번호 적어 뒀어요? 그 여자 번호?"

"아뇨."

"필요 없어요?"

내게 미래가 있다면 필요하겠지, 나는 생각했다. 그걸 언제 물어봐야 적절할지 궁금했다.

"차 한 잔 더 마십시다. 이번에는 설탕도 넣고."

"아." 나는 손님 접대를 허술하게 했다는 생각에 당황했다.

"차에 설탕을 넣는 줄 몰랐네요. 집에 백설탕이 없을지도 모르는데."

"당신은 부르주아라 이건가요?"

나는 화가 났다. "그러니까 당신은 너무 고고해서 부르주아의 창문 밖으로 총을 쏘지 않을 건가요, 그래요?"

그가 손을 더듬어 총을 잡으면서 몸을 앞으로 홱 내밀었다. 나를 쏘려고 그런 게 아니었지만 심장이 덜컥 내려앉았다. 그는 창문 밖 정원을 노려보면서 유리창 밖으로 고개라도 내밀듯이 긴장했다. 그러다 작은 소리로 툴툴거리더니 다시 주저앉았다.

"담장 위에 망할 놈의 고양이가 올라왔어요."

"우리 집에 황색 설탕은 있는데. 어차피 차에 넣어서 저으면 맛은 똑같을 텐데." 내가 말했다.

"부엌 창문 밖에다 대고 소리를 지를 생각은 아니겠죠? 아니면 계단으로 도망친다거나?" 그가 물었다.

"내가 아까 그렇게까지 말했는데도 그런 말이 나와요?"

"당신은 내 편이라고 생각해요?" 그는 다시 땀을 흘리고 있었다.

"당신은 내 편이 뭔지 모르잖아. 내 말을 믿어요. 당신은 정말 모른다니까."

문득 그가 아일랜드 공화국군 급진파의 일원이 아니라 소문으로만 들어 본 미치광이 분파의 일원일지도 모른다는 생각이 들었다. 그렇다고 내가 지금 그의 소속 단체에 트집을 잡을 처지는 아니었다. 어쨌든 최종적인 결과는 똑같을 테니까. 하지만 나는 말했다.

"부르주아라니, 대체 그건 어떤 종류의 폴리테크닉에서 배운 용어죠?"

나는 그를 모욕하고 있었고, 그럴 의도로 한 말이었다. 내 말
이 이해가 안 될 젊은 사람들을 위해 설명하자면 폴리테크닉이
란 대학에 입학하지 못한 젊은이들, '애착'이라는 용어를 구사할
정도로 똑똑하시만 여진히 써 그러 나 일론 재킷을 입는 젊은이
들이 가는 고등 교육 기관을 말한다.

그는 얼굴을 찡그렸다. "차나 끓여요."

"그런 쓰레기 같은 용어를 사용한다면 당신한테 내 종조부
가 가짜 아일랜드인이라고 조롱할 자격은 없을 것 같은데."

"그건 일종의 농담이었어요." 그가 말했다.

"앗, 농담이라고? 그랬어요?" 나는 깜짝 놀랐다. "이거 그 여
자가 유머 감각이 없다고 내가 욕할 처지가 아닌 것 같네요."

나는 곧 수상이 목숨을 잃게 될 창밖의 잔디밭을 내 머리로
가리키며 말했다.

"나는 그 여자가 유머 감각이 없다고 비난하는 건 아닌데.
그럴 생각도 없고." 그가 말했다.

"당연히 비난해야지. 그 여자는 자신이 얼마나 우스꽝스러
운지 왜 모르냔 말이지."

"난 그 여자를 우스꽝스럽다고 표현하진 않을 것 같네요. 잔인하고 사악하지만 우스꽝스럽진 않지. 그 여자에게 웃을 만한 구석이 뭐가 있어요?" 그는 고집스럽게 말했다.

"사람이 웃을 만한 구석은 다 갖추었지 뭐." 내가 말했다.

그는 잠시 생각에 잠겼다가 대꾸했다. "허, 참나."

그는 히죽히죽 웃었다. 나는 그가 망할 놈의 일정이 연기돼 아직은 살인을 저지르지 않아도 되는 걸 알고 긴장이 풀려 느긋해진 얼굴을 봤다. "뭐랄까, 그 여자가 지금 이 자리에 있었다면 웃었을걸. 그 여자가 웃는 이유는 우리를 멸시하기 때문이지. 당신이 입은 파카를 좀 봐요. 그 여자는 당신 파카를 보고 웃을걸. 내 머리 꼬라지를 봐. 그 여자는 내 머리도 경멸할 거야."

그는 고개를 들어 나를 흘긋 봤다. 지금까지는 나를 제대로 보지 않았다. 나는 그저 차나 끓여 준 사람인 것이다. "머리에 웨이브가 보기 좋게 진 게 아니라 그냥 축 늘어져 있잖아. 머리 감고 세팅을 제대로 해야 했는데. 롤러로 말았어야 했다고. 그 여자는 그렇게 머리 마는 법을 잘 안다니까. 걷는 본새도 마음에 안 들어. 아장거린다고 당신이 그랬지. '그 여자는 아장거리면서 나올 거라고.' 딱 그거라니까."

"우리가 대체 이런 일을 벌이는 이유가 뭐라고 생각해요?" 그가 물었다.

"아일랜드 때문이지 뭐."

그는 고개를 끄덕였다. "당신이 그 점을 이해해 줬음 좋겠어요. 그 여자가 오페라를 싫어해서 내가 그 여자를 쏘는 게 아니라는 걸. 아니면 당신이 그거, 아까 뭐라고 불렀죠? 아, 그러니까 그 여자의 액세서리를 싫어해서도 아니고. 그 여자의 핸드백 때문도 아니고. 머리 모양 때문도 아니고. 아일랜드 때문이에요. 오로지 아일랜드 때문이라고요, 알았어요?"

"아, 난 잘 모르겠는데. 내 생각엔 당신도 좀 가짜 같아요. 당신도 나만큼이나 아일랜드와 별로 가깝지 않잖아. 당신 종조부들도 아일랜드어를 몰랐어. 그러니까 좀 더 그럴싸한 이유가 필요할 거요. 좀 더 구체적인 근거를 들어 보라고."

"난 전통적인 방식으로 양육됐어요. 그리고 봐요, 그 일 때문에 우리가 만났잖아요." 그는 이렇게 말하면서 지금 이 현실을 믿을 수 없는 것처럼 주위를 둘러봤다. 흰색 베니어판이 반짝거리는 옷장을 등진 채 이제 십 분이 지나면 목숨을 바쳐야 할 중대한 행동을 하게 된 이 현실. 주름 잡힌 종이 블라인드, 정돈

되지 않은 침대, 낯선 여자, 설탕을 넣지 않은 마지막 차.

"난 단식 투쟁을 했던 그 청년들을 생각해요. 그중 첫 번째 청년*이 죽은 게 그 여자가 수상으로 당선된 지 거의 이 년째 되는 날이었어요. 그거 알고 있었어요? 바비가 단식을 시작해서 죽기까지 육십육 일이 걸렸어요. 그리고 다른 아홉 명의 청년들이 곧 그 뒤를 따라 세상을 떠났죠. 단식을 한 지 사십오 일 정도 되면 고통이 조금 줄어든다고 하더군요. 헛구역질도 멈추고 다시 물도 마실 수 있게 된다고. 하지만 그게 살아남을 마지막 기회예요. 오십 일이 지나면 더 이상 보이지도 들리지도 않게 되니까. 당신 몸이 스스로를 소화해요. 절망에 빠진 몸이 스스로를 먹어 치운다고요. 그 여자가 왜 웃지도 못하는지 궁금해요? 난 도저히 웃을 이유를 찾을 수 없는데." 그가 말했다.

"뭐라 할 말이 없네. 당신이 한 말에 모두 동의해요. 당신이 가서 차를 끓여요. 난 여기 앉아서 총을 지킬 테니까." 내가 말했다.

잠시 그는 내 말을 고려하는 듯 보였다.

"당신이 쏘면 빗나가겠죠. 당신은 훈련이라곤 전혀 안 받아

---

* 바비 샌즈.

봤으니까."

"당신은 어떻게 훈련받았는데요?"

"표적을 가지고 훈련했죠."

"그건 살아 있는 사람과 다르잖아요. 그러다 간호사들을 쏠지 노 몰라요. 의사들도 그렇고."

"그럴지도 모르죠."

그는 흡연자 특유의 길고 긴 기침을 했다. "아, 알았어요. 차를 끓여야지. 하지만 그거 알아요? 정치가들이란 게 똥구멍은 막혔을지 몰라도 눈은 감고 있는 게 아니라고요. 이런 대처 정부에 억지로 연민을 느끼게 만들 순 없단 말이야. 그 여자가 왜 죄수들과 협상을 하겠어? 당신은 왜 그걸 기대하고? 그들에게 한 다스의 아일랜드 남자들이 무슨 의미가 있겠어? 100명이면 또 어떻고? 대처 정부에 있는 사람들은 모두 사형에 찬성해. 모두 현대적인 척하지만 지들 멋대로 하게 놔두면 광장에서 죄수들의 눈을 도려낼 인간들이라고."

"그건 그렇게 나쁘지 않을지도 몰라요, 교수형 말이에요. 어떤 상황에서는." 그가 말했다.

나는 그를 빤히 바라봤다. "아일랜드 순교자를 위한 교수형이라고? 오케이. 굶어 죽는 것보다는 빠르겠네."

"그건 그렇죠. 그 말은 맞군요."

"사람들이 펍에서 뭐라고 하는지 알아요? 아일랜드 순교자 이름을 하나만 대 보라고 하지. 어디 한번 대 봐, 대 보라고, 다들 재촉하는데. 당신은 그런 순교자 이름을 댈 수 있어요?"

"몇 개고 댈 수 있어요. 그때 죽은 청년들이 다 신문에 실렸잖아요. 이 년이 기억도 못 할 정도로 그렇게 오랜 세월은 아니잖아요?"

"아니지. 하지만 그 전통을 계속 이어 가야지, 당신도 그럴 거 아니에요? 이런 말을 하는 사람들은 다 영국인들이지만."

"당신 말이 맞아요. 그런 말을 하는 사람들은 다 영국인들이죠. 그들은 빌어먹을 아무것도 기억 못 하죠." 그가 슬프게 말했다.

———

십 분이야, 나는 생각했다. 얼추 십 분 정도 될 거야. 그에게 반항하는 마음에서 나는 살금살금 조심스럽게 부엌 창가로 다가갔다. 거리는 주말이면 찾아오는 마비 상태에 빠졌고, 모퉁이마다 사람들이 모여 있었다. 그녀가 곧 나올 거라고 예상하는 게 분명했다. 부엌 조리대 위 내 손 바로 옆에 전화기가 있었는데, 내가 수화기를 들면 침실에 있는 전화기에서 나는 찰칵 소리를 그가 들을 거고, 그러면 그가 와서 날 죽일 것이다. 싹 죽이지 않고 집 근처에 있는 사람들을 놀래게 해서 임무가 실패하지 않도록 다른 방법을 쓰겠지.

주전자의 물이 끓는 동안 나는 옆에 서서 생각했다. 눈 수술은 잘됐을까? 그 여자는 퇴원하면 평소처럼 잘 볼 수 있을까? 그들이 그 여자를 인도해서 가야 할까? 눈에 붕대를 감았을까?

나는 머릿속에 떠오르는 그림이 마음에 들지 않았다. 그래서 침실에 있는 남자에게 소리쳐 물었다. 아니요, 그 여자의 눈빛은 압정처럼 날카로울 거요, 그 역시 소리쳐서 대답했다.

나는 생각했다. 그 여자에게는 눈물이 없어. 버스 정류장에서 비를 맞는 엄마를 봐도 눈물을 흘리지 않고, 바다에서 불에 타는 선원을 봐도 눈물을 흘리지 않는 여자. 그 여자는 밤에 네 시간을 잔다. 그리고 위스키 향기와 자신의 먹잇감들이 흘리는 피 속의 철분을 먹고 산다.

황설탕을 넣고 저은 두 번째 찻잔을 들고 침실로 돌아갔을 때 그는 소맷부리가 풀어지는 커다란 스웨터를 벗어 놓고 있었다. 무덤에 들어갈 생각으로 겹겹이 옷을 입었다는 생각이 들었다. 하지만 그렇게 껴입어 봤자 무덤 속 추위는 막을 수 없겠지. 그는 모직 스웨터 밑에 빛이 바랜 플란넬 셔츠를 입었다. 셔츠의 뒤틀린 옷깃이 동그랗게 말려 있었다. 직접 빨래를 하는 것처럼 보였다. "자녀는?" 내가 물었다.

"없어요. 내가 아가씨들하고는 진도가 잘 안 나가서." 그는 그렇게 하면 자기 운명이 바뀌기라도 할 것처럼 한 손을 머리에 대고 눌렀다. "아이는 없어요, 내가 알기론."

나는 그에게 차를 건넸다. 그는 한 모금 마시고 움찔했다. "그 후에……." 그가 말했다.

"뭐라고요?"

"총알이 어디서 날아왔는지 그들이 알게 된 후에는 전후 사정을 금방 알아낼 겁니다. 내가 계단을 내려가 앞문으로 나가면 거리에서 곧바로 체포되겠죠. 총을 가지고 나갈 테니 그들이 날

보는 순간 쏴 죽이겠죠." 그는 말을 멈추고 내가 그의 말에 이의를 제기하기라도 한 것처럼 이렇게 말했다. "그게 최선이에요."

"아, 당신에게 계획이 있을 줄 알았는데. 내 말은 잡혀서 죽는 거 말고 다른 계획." 내가 말했다.

"그보다 더 나은 계획이 있겠어요?" 그의 말에서 살짝 빈정거리는 투가 배어 나왔다. "이건 하늘이 준 선물이에요. 이 병원. 당신의 다락방. 당신의 창문. 당신. 돈도 별로 안 들고. 깔끔하고. 임무를 완수하고. 한 사람의 목숨만 바치면 되는 거죠."

나는 아까 그에게 폭력으론 아무것도 해결되지 않는다고 말했다. 하지만 그 말은 고기를 앞에 두고 품위를 떠는 기도처럼 그저 말일 뿐이었다. 별 생각 없이 한 말이었고, 좀 더 생각해 보니 내가 위선자처럼 느껴졌다. 이런 말은 강자가 약자에게 설교할 때나 쓰는 말이지 절대로 약자가 강자에게 하진 않는다. 강자들은 절대로 무기를 내려놓지 않는다. "내가 당신에게 시간을 좀 벌어 주면 어떨까요? 그 여자를 죽일 때 미리 재킷을 입고 있다가 곧바로 나가는 거죠. 과부 제조기는 여기 놔두고, 빈 가방을 들고, 우리 집에 왔을 때처럼 보일러 수리공으로 나가면 어떨까요?"

"이 집에서 나가는 순간 난 끝이에요."

"하지만 옆집 문으로 나가면 어때요?"

"어떻게 그렇게 한다는 거죠?" 그가 물었다.

내가 말했다. "날 따라와요."

그는 보초를 선 자리를 떠나는 걸 불안해했지만 이 새로운 가능성 앞에선 그렇게 해야 했다. 우리에겐 아직 오 분이 남아 있어요, 당신도 알잖아요, 그러니까 따라와요. 총은 당신이 앉은 그 의자 밑에 가만히 놔두고. 복도에서 그가 내 뒤에 바짝 따라붙어 문을 열 수 있게 좀 뒤로 물러서라고 말해야 했다. "문을 살짝만 닫아 놔요. 문이 잠겨 계단에서 오도 가도 못 하는 처지가 되면 웃기는 노릇일 테니까." 그가 말했다.

이런 집들은 계단에 햇빛이 전혀 들어오지 않는다. 벽에 있는 타임스위치를 누르면 층계참이 불쾌하게 환한 노란색 불빛으로 가득 찬다. 지정된 이 분이 지나면 다시 어둠이 찾아온다. 하지만 그때는 처음 생각했던 것보다 그렇게 어둡지 않다.

그냥 차분하게 숨을 쉬면서 가만히 서서 눈이 어둠에 적응할 때까지 기다리면 된다. 두꺼운 카펫이 깔린 계단을 아무 소리도 내지 않고 반쯤 내려갔다. 들어 봐요. 집이 조용하잖아요. 이 계단을 같이 쓰는 입주민들은 하루 종일 밖에 나가 있다. 닫힌 문들이 바깥세상의 소리, 라디오에서 나오는 뉴스 방송들의 수다, 마을 위쪽에 몰린 관광객들의 웅성거림, 심지어 히드로 공항으로 향하는 비행기들의 묵시적인 굉음까지 다 차단하고 지워버렸다. 순환이 안 된 실내 공기는 마치 여기 처음 살았던 사람들이 삐걱거리며 옷장을 열고 상복을 꺼내는 것 같은 장뇌 냄새가 났다. 집 안도 아니고 밖도 아니고, 볼 수 있지만 눈에 띄지 않는다. 여기서 한 시간 정도는 아무 방해도 받지 않고 숨을 수 있고, 하루 정도는 빈둥거릴 수 있다. 여기서 잠을 자도 되고, 꿈도 꿀 수 있다. 무고한 것도 아니고 죄가 있는 것도 아닌 상태로 여기서 시 의원의 딸이 늙어 가는 동안 몇십 년이고 몰래 숨어 지낼 수 있을지도 모른다. 한 계단 한 계단, 서서히 나이를 먹으며, 자기 이름에 걸린 현상 수배령을 벗게 될 것이다. 언젠가 트리티니 플레이스는 회반죽 연기와 뼛가루를 우수수 날리며 무너질 것이다. 시간은 종말을 향해 나아갈 것이다. 천사들이 폐허를 뒤지면서 하수구에 쌓인 꽃잎들을 차올리면 너덜너덜한 깃발에 싸인 무기가 드러날 것이다.

계단에서 내가 속삭였다. "날 죽일 건가요?" 그것은 어둠 속에서만 물어볼 수 있는 질문이었다.

"내가 재갈을 물리고 테이프로 묶어 당신을 부엌에 두고 갈게요. 내가 이 집에 쳐들어오자마자 그래 놨다고 그들에게 말해요."

"하지만 언제 정말로 날 그렇게 할 거죠?" 나는 소곤거렸다.

"그 일을 하기 직전에. 그 후엔 시간이 없으니까.

"그러지 말아요. 내 눈으로 그걸 보고 싶어요. 절대 놓칠 수 없어."

"그럼 당신을 침실에 묶어 놓을게요, 알았죠? 창밖이 보이는 곳에 묶어 놓을게요."

"그 일을 하기 직전에 나를 아래층으로 내려가게 해 줄 수 있잖아요. 장바구니를 들고 갈게요. 아무도 내가 나가는 걸 못 보면 난 사람들에게 오늘 하루 내내 집 밖에 있었다고 할게요. 다만 당신이 강제로 침입한 것처럼 우리 집 문에 반드시 흔적을 내놔야 해요."

"내 일이 어떤 건지 잘 아는군요."

"배우는 중이에요."

"그 일이 일어나는 걸 보고 싶다면서요."

"소리는 들을 수 있겠죠. 로마 서커스 같은 함성이 터지겠죠."

"아뇨, 그렇게는 안 될 겁니다." 그의 손이 내 팔을 스쳤다.

"계단을 좀 보여 줘요. 이게 지금 뭐 하는 짓인지 모르겠지 만 시간 낭비예요."

계단 중간의 층계참에 문이 하나 있었다. 청소 용구 넣는 벽 장문 같아 보였다. 하지만 문이 묵직해서 잡아당기기 힘들었고, 놋쇠 손잡이를 잡자 손이 미끄러졌다.

"방화문이에요."

그는 문에 몸을 대고 휙 잡아당겨 열었다.

문 뒤쪽 6센티미터 정도 되는 거리에 문이 또 하나 있었다.

"밀어요."

그가 밀었다. 문이 천천히 밀리면서 비슷한 어둠이 드러났 다. 똑같이 희미하고 밀폐된 축적된 공기, 사적인 세계와 외부 세 계가 만나는 여백의 냄새. 공사용 카펫에 떨어진 빗방울들, 축 축한 우산, 젖은 구두 가죽, 톡 쏘는 듯한 금속 열쇠 냄새, 손바닥에 잡히는 금속의 짠 기운이 느껴졌다. 하지만 여기는 옆집이다. 이 어두운 공간을 내려다보면 같지만 다르다. 아까 그 문을 나와서 이 문으로 들어온 것이다. 살인자인 당신은 21번지로 들어온다. 배관공인 당신은 20번지로 나간다. 방화문 너머에 다른 사람들이 사는 다른 집이 있다. 바로 옆에 다른 사연들이 숨어 있다. 그들이 겨울잠을 자는 동물처럼 몸을 동그랗게 말고, 얕은 숨을 쉬면서, 아무도 모르게 맥박 치고 있다.

　분명 우리에게 필요한 건 시간을 버는 것이다. 타협의 여지가 없어 보이는 상황에서 우리를 구해 줄 몇 분의 은총. 이 건물은 구조가 독특하다. 이것은 아주 낮은 가능성이었지만 유일한 가능성이었다. 옆집 문을 통해 그는 거리 끝에서 몇 미터 더 가까운 마당으로 나갈 것이다. 길 끝에 가까울수록 마을과 성에서 멀어지고, 범죄 현장에서도 멀어진다. 그가 지금은 허세를 부리지만 할 수만 있다면 죽을 생각이 없다고 추정해야 한다. 근처 어딘가에 거주민 주차 구역이나 어떤 집의 진입로를 막고 불법 주차한 차가 그를 기다리고 있을 것이다. 그 차가 그를 태우고 사람들의 손이 미치지 못하는 곳으로 데려가 마치 여기에 한 번도 오지 않았던 것처럼 사라지게 할 것이다.

그는 망설이면서 어둠 속을 들여다봤다.

"해 보죠. 불은 켜지 말아요. 말도 하지 말고. 계단을 내려가 보죠."

벽에 있는 문을 한 번도 보지 못한 사람이 누구인가? 그것은 병약한 아이의 위로이자 죄수의 마지막 희망이다. 헐떡거리는 단말마의 괴로움에 사로잡히지 않고 떨어지는 깃털처럼 한숨을 쉬며 죽어 가는 사람을 위한 쉬운 출구다. 나무나 철을 지배하는 어떤 법칙도 따르지 않는 문이다. 어떤 자물쇠 수리공도 이 문과 맞서 이길 수 없고 어떤 집행관도 차고 들어올 수 없는 문이며, 믿음을 지닌 자의 눈에만 보이기 때문에 순찰하는 경찰관들도 그냥 지나치는 문이다. 일단 그 문을 통과하면 당신은 공기와 불꽃과 불길로 돌아온다. 알다시피 암살자는 불길 속의 일렁임이다. 방화문 너머에서 그는 녹아 버리고, 그래서 당신은 뉴스에서 그를 한 번도 보지 못한다. 그래서 당신은 그의 이름도 얼굴도 모른다. 그래서 당신이 확실히 아는 바와 같이 대처 여사는 죽을 때까지 살았다. 하지만 그 문을 주목해라. 그 벽을 주목해라. 당신이 전에는 거기 있는 줄도 몰랐던 벽에 있는 문의 힘에 주목해라. 그리고 문을 조금 열었을 때 그 사이로 들어오는 차가운 바람에 주목해라. 역사는 항상 바뀔 수 있었다. 역사에는 시간과 장소와 어두운 기회가 있으니까. 그날, 그 시간, 기울어진 그 빛, 멀리 우회 도로 근처에서 종을 울리는 아이스크림 트럭이 있으니까.

21번지로 돌아오면서 암살자는 툴툴거리며 웃었다.

"쉿!" 내가 말했다.

"이게 당신이 제안한 그 대단한 아이디어예요? 여기보다 조금 더 떨어진 곳에서 총을 맞으라고? 좋아요, 시도는 한번 해 보죠. 다른 문으로 나가서 사람들을 놀라게 해 봅시다."

이제 시간이 없었다. 우리는 침실로 돌아갔다. 그는 내가 살게 될지 아니면 다른 계획이 있는지 아직 아무 말도 해 주지 않았다. 그가 내게 창가로 오라고 손짓했다.

"이제 창문을 열어요. 그리고 뒤로 물러서요."

그는 창문을 여느라 갑자기 큰 소리가 나서 밑에 있는 누군가를 깜짝 놀랠까 봐 두려워했다. 창문이 무겁고 가끔 덜컹덜컹 흔들리긴 했지만 새시는 부드럽게 올라갔다. 그는 초조해할 필요가 없다. 정원은 텅 비었다. 하지만 병원 담장 안쪽과 관목 너머로 움직임이 있었다. 사람들이 나오기 시작했다. 공식적인 파티는 아니고 그저 앞치마와 모자를 착용한 간호사들 무리였다.

그는 과부 제조기를 들어 부드럽게 자기 무릎에 걸쳤다. 그리고 외지를 앞으로 기울였다. 그의 손이 또 땀에 젖어 미끄러운 걸 보고 내가 수건을 갖다주자 한마디 말도 없이 건네받았다. 또다시 나는 성직자 같은 분위기를 느꼈다. 희생. 말벌 한 마리가 창가에서 빈둥거렸다. 정원에서 물기 어린 초록의 향기가 났다. 미지근한 햇빛이 머뭇머뭇 들어와 그의 허름한 가죽 단화를 비추다가 수줍게 화장대 위를 가로질렀다. 나는 물어보고 싶었다. 그 일이 일어날 때 소리가 날까요? 나는 어디에 앉을까요? 앉을까요? 아니면 설까요? 어디에 서지? 그의 어깨 뒤에? 어쩌면 무릎을 꿇고 기도를 해야 할지도.

이제 우리는 목표물에서 몇 초 떨어진 거리에 있었다. 그 테라스, 그 잔디밭은 병원 직원들이 주고받는 이야기로 소란스러웠다. 모두 한 줄로 섰다. 의사들, 간호사들, 직원들. 흰옷에 챙이 없는 모자를 쓴 요리사도 합류했다. 아이들 동화책에나 나오는 그런 모자였다. 나도 모르게 낄낄거렸다. 나는 암살자의 숨이 오르락내리락하는 걸 모두 의식하고 있었다. 침묵이 내려앉았다. 정원에도, 우리에게도.

이끼 낀 길에 하이힐이 보였다. 탁탁, 탁탁. 아장거리는 발걸음. 그녀는 나름 열심히 걸었지만 아주 느렸다. 팔에는 마치 방패를 두른 것처럼 핸드백을 걸쳤다. 내 예상처럼 맞춤 정장에 블라우스의 옷깃은 나비매듭을 짓고, 긴 진주 목걸이를 하고, 새로운 액세서리로 커다란 선글라스를 끼고 있었다. 분명 눈에 부담이 될 오후 햇살을 막기 위해서겠지. 그녀는 손을 뻗은 채 줄을 따라 한 사람씩 악수를 하고 있었다. 이제 우리는 마침내 여기 와 있다. 시간은 충분하다. 저격수는 무릎을 꿇으며 자연스럽게 자세를 취했다. 그는 내가 보는 광경을, 반짝거리는 헬멧 같은 그녀의 머리를 본다. 그는 시궁창에 있는 금화처럼 반짝이는, 보름달처럼 큰 머리를 본다. 창틀에서 말벌이 조용히 허공을 맴돈다. 세상의 눈먼 눈을 딱 한 번 감기만 하면 된다. "기뻐하라, 지독하게 기뻐하라." 그가 말한다.

「폐를 끼쳐 죄송합니다」는 2009년 《런던 리뷰 오브 북스》에 '폐를 끼쳐 죄송
합니다: 회상록'이란 제목으로 처음 발표됐다.

「콤마」는 2010년 《가디언》에 처음 발표됐고, 『2011년 최고의 영국 소설들』
(솔트 퍼블리싱 출판)에 다시 실렸다.

「긴 QT」는 2012년 《가디언》에 처음 발표됐다.

「겨울 휴가」는 『2011년 최고의 영국 소설들』(솔트 퍼블리싱 출판)에 처음 발표됐
고, 2012년 《가디언》에 다시 실렸다.

「할리가」는 1993년 『런던 단편 타임아웃 북』(펭귄 출판)에 처음 발표됐다.

「상해에 관한 법률」은 2008년 《런던 리뷰 오브 북스》에 처음 발표됐다.

「당신을 어떻게 알아보죠?」는 2000년 《런던 리뷰 오브 북스》에 처음 발표
됐다.

「심장은 경고도 없이 멈춘다」는 2009년 《가디언》에 처음 발표됐고, 『2011년
최고의 유럽 소설』(달키 아카이브 프레스)에 다시 실렸다.

「종착역」은 2004년 《런던 리뷰 오브 북스》에 처음 실렸다.

　　『마거릿 대처 암살 사건』은 2016년 소설가 한강이 아시아인 최초로 수상해 새삼 유명해진, 영국의 권위 있는 문학상인 맨부커 상을 두 번이나 수상한 걸출한 영국 작가 힐러리 맨틀의 단편집이다. 열 편으로 구성된 이 단편집은 「폐를 끼쳐 죄송합니다」라는 소설로 시작된다. 이 소설은 1980년대 초반 사우디아라비아의 항구 도시 제다에 살았던 작가의 경험을 토대로 한 반자전적인 소설로 무하마드 이자즈라는 파키스탄 남자와 영국 여자의 우연한 만남에 얽힌 이야기다. 근무지가 바뀐 남편을 따라 이슬람 국가에 와서 관 뚜껑같이 사방이 닫힌 문들로 가득한 아파트에서 사는 영국 주부가 어느 날 우연히 문을 두드리며 도움을 요청하는 외간 남자를 집에 들이면서 벌어지는 이 이야기는 그때나 지금이나 별반 달라지지 않은 이슬람 국가에서의 여성의 위상과 문화적 충돌로 인해 공교롭게 꼬인 인간관계와 정서에 대해 담담하면서도 통렬하고 섬세하게 묘사했다.

작가는 이 짧은 소설에서 페미니즘뿐만 아니라 한 나라 안에서 피부색과 국적에 따라 노골적이진 않지만 분명히 존재하는 계급 차이를 거리에서 일하는 사람들의 모습을 통해 생생하게 묘사하는 한편, 백인에 대한 동양인들의 편견을 적나라하게 들춰내 서로 이해하지 못하고 이해하려 노력하지도 않은 채 불편하게 같은 공간에서 살아가는 양상을 흥미롭게 담아냈다. 무엇보다 이토록 지극히 현실적이고 정치적인 배경과 생활 속에 은근슬쩍 공포와 환상의 요소를 집어넣어 독자의 시선을 순간적으로 이 세계가 아닌 저 세계로 향하게 하는 데 탁월한 기량을 발휘한다. 이를테면 밤사이에 주인은 아랑곳하지 않고 멋대로 자리를 이동해 버린 가구들이나 경첩에서 내려와 버린 문짝 같은 존재가 그렇다.

작가의 독특한 기법은 여기 수록된 거의 모든 단편에서 그 매력을 유감없이 드러냈다. 「콤마」에서는 다들 쉬쉬하며 괴물 취급을 하는 장애아를 보러 가는 두 아이의 눈을 통해 섬뜩한 공포와 동시에 연민을 느끼게 만드는가 하면, 「겨울 휴가」에서는 상상치 못했지만 사실은 은밀히 예견하고 있었던 결말로 인해 온몸에 소름이 끼친다. 「할리가」에서는 사시사철 망토를 펼

력이며 피를 보면 평소에도 핼쑥한 얼굴이 더 창백해지면서 현기증을 일으키는 미스터리한 부인의 정체가 궁금해지고, 「당신을 어떻게 알아보죠?」에서는 난쟁이 소녀에 대한 연민과 책임감 사이에서 고민하던 작가가 어느새 그 소녀와 같은 처지로 전락해 버린 자신을 발견하는 뜻밖의 순간에 경악하기도 한다.

이처럼 작가 힐러리 맨틀은 단편 하나하나마다 우리와 같은 소시민들이 지닌 양심, 책임감, 윤리 의식의 위선적인 면에 빛을 비추면서도 그 냉정한 현실 너머 신비로운 환상과 공포의 세계로 독자들을 끌어들인다. 독자들은 그녀의 문장을 통해 현실과 환상의 세계를 넘나들며 피식 웃기도 하고, 살짝 얼굴을 붉히기도 하고, 오소소 소름이 돋기도 한다. 그러다 가끔 정말이지 심장이 멎을 만큼 충격을 받을 때도 있다. 이렇게 작가 힐러리 맨틀은 독자들로 하여금 읽는 내내 복잡 미묘한 감정을 느끼면서 계속 페이지를 넘기게 하는 힘을 발휘한다.

마지막 작품인 「마거릿 대처 암살 사건: 1983년 8월 6일」은 이 중에도 가장 독특하면서 현실적이다. 천수를 누리고 작고한 영국 수상 마거릿 대처가 암살되는 상황을 상상한 소설이 가장 현실적이라는 말이 아이러니하지만 사실이 그렇다.

「마거릿 대처 암살 사건: 1983년 8월 6일」은 1979년 마거릿 대처가 수상이 된 지 2년 후인 1981년 자신을 테러범이 아닌 정치범으로 대우해 달라는 요구를 내걸고 단식 시위를 하다 결국 목숨을 잃은 아일랜드인 바비 샌즈의 죽음을 소재로 그의 죽음에 복수하기 위해 수상을 암살하려고 가정집에 잠입한 저격수와 가정주부의 우연한 만남이 이야기를 끌어간다. 이 저격수와 가정주부가 저격수의 목표물인 대처 수상이 밖으로 나오기까지 기다리며 나누는 대화를 통해 독자는 민족 감정이라는 허상의 감정, 역사가 빚어낸 증오, 테러와 폭력에 대해 생각하게 된다. 소설의 시간 배경은 1983년이지만 이들이 나누는 대화는 요즘이라고 해도 될 정도로 내용이 현대적이다. 다만 테러리스트들의 국적이 아일랜드인에게서 이슬람으로, 테러를 당하는 대상이 수상이 아닌 평범한 일반인들로 확산됐을 뿐이다. 그렇기 때문에 작가는 1980년대 초반이라는 시대 배경을 골랐는지도 모르겠다. 50년에 가까운 시간이 흘렀는데도 우리를 둘러싼 문제들은 하나도 해결되지 않았고, 오히려 악화되고 있다는 걸 보여주기 위해.

종교적 이유로 남성들의 시선을 피해야 하는 여성들은 여혐에 시달리며 목숨의 위협을 느끼는 요즘의 여성들과 크게 다르지 않다. 「콤마」에 나오는 장애인이나 난쟁이 소녀처럼 장애인을 보는 우리의 연민과 우월감이 섞인 시선이 그때보다 나아졌을까? 거식증으로 서서히 생명의 불꽃이 꺼져 가는 소녀가 세상에 혐오를 느끼게 된 원인이 지금 우리 세상엔 존재하지 않을까? 겨울 휴가를 떠난 관광객이 된 우리는 우연히 일어난 사고에서 적극적으로 정의를 추구할 수 있을까? 모두 대번에 대답하기 쉽지 않은 질문들이다.

그러나 소설이 스스로 말할 수 없는 자들에게 목소리를 부여하고, 무심코 지나치는 사물의 다면적인 모습을 새롭고도 불편한 시각으로 비춤으로써 둔감해진 우리의 의식을 깨울 수 있다면 그것이야말로 진정한 소설의 본령이 아니겠는가. 그런 면에서 힐러리 맨틀은 소설의 본령을 위트 있게, 다크한 유머를 구사해 가며 대가답게 뛰어난 역량으로 지켜 냈다. 더불어 메스처럼 예리한 묘사력을 지닌 힐러리 맨틀의 문장들을 따라 이 세계가 아닌 저 세계의 환상 속에 잠시 빠져 보는 것도 나쁘지 않을 것이다. 그 세계가 공포 특급처럼 순간순간 으스스하고 경악스럽긴 하지만.

옮긴이 박산호

전문 번역가이자 에세이스트. 중학교에 입학해서 처음 배운 영어에 유달리 흥미를 느꼈다. 고등학교 시절에는 외국 작가가 쓴 두꺼운 책을 늘 끼고 다니는 문학 소녀였다. 이때부터 '영어'와 '책'에서 잠시도 떨어지지 않았다. 한양대학교 영어교육학과에서 영어를 가르치는 방법을 공부했고, 영국 브루넬 대학교 대학원에서 영문학을 전공했다. 회화와 토익 강사를 거쳐 영상 번역가로 일하다가 하드보일드 문학의 대가 로렌스 블록의 『무덤으로 향하다』의 번역 테스트에 통과하면서 출판 번역계에 입문했다. 영어를 처음 배우는 아이들을 위해 초등학생이었던 딸을 모델로 삼아 『깔깔 마녀는 영어마법사』라는 책을 썼고, 기본 영단어 100개를 엄선하여 단어와 관련한 정치, 경제, 역사, 문화 등의 상식을 함께 살펴보는 영어 교양서 『단어의 배신』을 썼다. 최근에는 노승영 번역가와 함께 베테랑 전문 번역가들이 풀어놓는 텍스트 분투기 『번역가 모모 씨의 일일』을 썼다. 『임파서블 포트리스』, 『지팡이 대신 권총을 든 노인』, 『거짓말을 먹는 나무』, 『토니와 수잔』, 『레드 스패로우』, 『하우스 오브 카드 3』, 『차일드 44』, 『싸울 기회』, 『다크 할로우』, 『콰이어트 걸』, 『퍼시픽 림』, 『용서해줘, 레너드 피콕』, 『세계대전 Z』 등 60여 종의 원서를 번역했다.

마거릿 대처 암살 사건

1판 1쇄 찍음 2018년 10월 12일
1판 1쇄 펴냄 2018년 10월 19일

지은이   힐러리 맨틀
옮긴이   박산호
발행인   박근섭, 박상준
펴낸곳   ㈜민음사

출판등록 1966. 5. 19. (제 16-490호)
서울특별시 강남구 도산대로1길 62(신사동)
강남출판문화센터 5층(우편번호 06027)
대표전화 515-2000 팩시밀리 515-2007
www.minumsa.com

한국어 판 ⓒ ㈜민음사, 2018. Printed in Seoul, Korea

ISBN 978-89-374-3897-4 03840